集英社オレンジ文庫

私、あなたと縁切ります!

〜えのき荘にさようなら〜

かたやま和華

本書は書き下ろしです。

もくじ

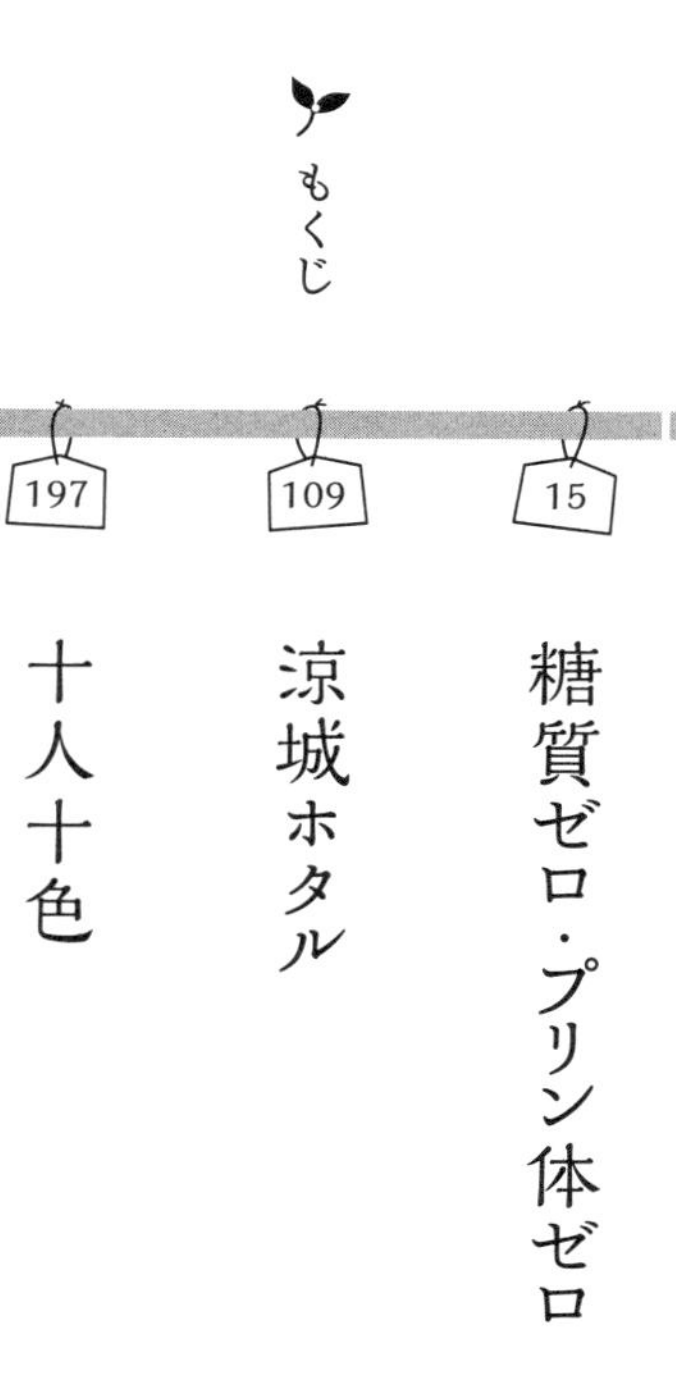

イラスト／mocha

私、あなたと縁切ります！

えのき荘にさようなら

人気の古民家リノベーション物件!

シェアハウス
“えのき荘”
入居者募集中

共 益 費=月一万円
デポジット=百万円
家　　賃=三万円～三万三千円
各部屋バス・トイレ付

＊ 悪縁を切りたい人限定

＊ ペット不可、先住の猫と犬がいます

午前九時三十五分。

ジリジリジリリッ！

と、酒焼けしたブルース歌手が歌うようなブザー音が玄関から聞こえた。

この昭和丸出しのブザー音は、えのき荘の呼び鈴だ。広い建物内のどこにいても、何をしていても聞こえるのはいいが、ひょっとして近所迷惑なのではないかと少し心配にもなってくる。

ジリジリジリリッ！

「はいはーい！　そんなに何度も押さなくても聞こえてますよー！」

芽衣は掃除機をかけていた手を止めて、慌てて居間から廊下へと飛び出した。

そもそも、今どきの呼び鈴はブザー音じゃなくてチャイム音だ。『ピンポン』だ。

「それもカメラ付きインターホンでしょう」

百歩譲ってカメラはなくてもいいけれど、せめてインターホンにしてほしい。居間にいたまま対応できれば、こんなに廊下を走らなくて済むのだから。

芽衣が玄関の引き戸をガラガラと勢いよく開けると、木枯らしが吹きすさぶ中でも半袖ポロシャツ姿の宅配業者が、しつこく呼び鈴を押そうとしているところだった。

「あぁ、いた！　大家さん！」

「お待たせしました、おはようございます」

「大家さん、おはようございます！　お荷物のお届けにあがりました！」

「いつもお世話さまです。わたしは大家ではなく、管理人です」

「そうでしたね！」

「それから、玄関ブザーは一度押してもらえれば聞こえます」

「そうでしたね！　前の大家さんの耳が遠かったもんですから、つい何度も押すクセがついてしまって！」

　ハハハッ、と宅配業者は豪快に笑ってから、今度は急にしんみりした口調になった。

「前の大家さん、耳が遠いことのほかは元気なおばあちゃんでしたよね」

「そうだったみたいですね。わたし、お会いしたことがなくて」

　なんとなく、芽衣までしんみりしてしまった。

「あれ？　管理人さんって、前の大家さんのお孫さんなんじゃないんですか？」

「違いますよ。今の大家さんが、前の大家さんのお孫さんで、わたしは今の大家さんに雇われた管理人で……」

「へーぇ」

宅配業者は初めて聞いたとばかりに大きくうなずいているが、芽衣がこの話をするのはもう六度目だ。

「ああっと、それよりも、午前中の時間指定のお荷物をお持ちしました」

「あ、はい。ありがとうございます」

ピンコロ石を敷いた玄関口には、大きなダンボール箱がふたつ積んであった。

「これ、そんなに重くはないんですけど、かさばるから廊下まで運んじゃいますね」

「はい、お願いします」

芽衣が受領印を捺(お)しがてら荷物の受取人名を確認すると、ふたつともえのき荘の下宿人宛(あて)のものだった。

「保奈美(ほなみ)さん、また新しいの買ったんだ」

ひとつはネット通販最大手から、ひとつは誰でも一度は耳にしたことがあるテレビショッピングからの荷物だ。

「こんなに買って、どこに置くつもりなんだろう」

ため息まじりにつぶやいていると、ダンボール箱を廊下まで運び終えた宅配業者がせっかちに頭を下げて寄越した。

「では、管理人さん、わたしはこれで」

「はい、またよろしくお願いしますね」

「こちらこそ。えのき荘で下宿人さんの引っ越しがあるときはお電話くださいね。うち、宅配だけでなく引っ越し業務も請け負ってるんで」

「はいはい、下宿人さんたちにお話ししておきますね」

「よろしくどうぞ」

「よろしくどうも」

宅配業者の陽気な声が遠のくと、玄関口に静寂が戻った。

玄関口から門柱までの間には猫の額ほどの前庭があり、大きな植木鉢に植えられた南天の常緑の葉がからっ風に震えていた。

芽衣は両手に白い息を吹きかけて、えのき荘を見上げた。

木造切妻造り二階建て、築六十五年。

と言っても、五年前に耐震補強済み。配管を含む内装のリノベーション済み。そのときに、どうして呼び鈴をカメラ付きインターホンに交換しなかったのかは謎。

大家さんが今の会話を聞いていたら、

『下宿人ってなんだよ、シェアメイトだろうが。うちは下宿屋じゃねーんだよ、シェアハウスなんだよ』

とお冠になるところだろうけれど、物は言いようだ。

なんでもカタカナにすればいいってものじゃない。きれいに手入れされているとはいえ、えのき荘はどこからどう見ても、昭和の哀愁漂う下宿屋だった。

しかも、入居条件がワケありすぎる。

『ウチは悪縁を切りたい人限定だから』

デポジット、いわゆる、保証金が鬼設定すぎる。

『相場の三十三倍？　それがナニ、イヤなら来んなって』

大家さんが第六天魔王。

『あぁ？』

ミドリムシの健康ドリンクを片手にすごむ姿が目に浮かぶようだった。

『ミドリムシじゃねーよ、ユーグレナだよ』

芽衣はぶるりと震えあがって、首を振った。

　えのき荘の大家さんは、目つきと愛想と性格が悪い第六天魔王だった。口も悪い。

「あ、そうだ。大家さんから、玄関にクリスマスリースを飾っておくようにって言われてたんだっけ」

　自称シェアハウスなので、えのき荘では大家も下宿人も季節のイベントごとに対しての意識が高い。仲間とはしゃぐことに慣れていない芽衣にとっては、正直、その手の熱量には戸惑いしかないわけだけれども、

「でも、管理人を任されてる以上はそんなことも言ってられないし」

　大家さんはもとより、下宿人のみなさんもクセモノ揃(ぞろ)いだし。

「やっていけるのかな、わたし」

　いやいや、やっていかないとならない。たとえここがブラック企業ならぬ、ブラック下宿屋、もとい、ブラックシェアハウスだとしても。

　星(ほし)芽衣、二十二歳。

　話せば長いワケがあって、ひと月ほど前から、シェアハウス〝えのき荘〟で住み込みの管理人をしていた。

「あっと、いっけない！　掃除機がけの途中だったんだ！」

ゴミ出し、ノブナガ（黒猫）のご飯やり、ヒデヨシ（秋田犬ミックス）の散歩、洗濯、掃除もろもろ、管理人の仕事は主に午前中に集中している。

「今はとにかく、目の前の仕事をこなさないと」

えのき荘の西隣には、榎の巨木が植わっていた。

張り出す梢からはらはらと降りしきる落ち葉を横目で見やりつつ、

「落ち葉掃きもしないとね」

芽衣はゆる三つ編みにした長い黒髪を弾ませて、居間へと駆け戻るのだった。

糖質ゼロ・プリン体ゼロ

街道沿いの宿場町。

ここに江戸時代から広く信じられている、ひとつの迷信がある。

花嫁は、街道の榎の下を通ってはいけない。通ろうものなら、男女の縁が切れてしまうというのだ。

京の都から皇女が江戸の将軍家に嫁ぐときには、まかり間違って縁が切れることのないように、榎に菰を被せて隠したとも、わざわざ迂回路を造らせたとも言われている。

誰が呼んだか、縁切り榎。

けれども、街道の榎はご神木だ。男女の縁ばかりを、いたずらに切っているわけではない。学校や会社のこんがらがった人間関係や、病気、悪癖といったものまで、広い意味での悪縁全般を切ってくれているのだ。

そして、良縁を結んでくれるのだ。


という、ありがたいような、少々恐ろしいようなイワクのある榎の西隣に、シェアハウス〝えのき荘〟は建っている。

今の榎は、江戸時代から数えて三代目になるそうだ。

往時とは植わっている位置が変わり、交差点の角のひどく狭い敷地に押しやられてはいるものの、現代でもそこはかとなく異様なオーラを放つ榎は、時代を超えてなおも地元住民からしっかりと崇(あが)め奉(たてまつ)られている。

朱色も鮮やかな、厳(おごそ)かなる鳥居もある。お社(やしろ)が作られ、猫の額(ひたい)ほどの境内(けいだい)には絵馬掛けもある。悪縁を切り、良縁を結びたいと願う人々が、今もむかしも引きも切らずに集まるパワースポット。

それが、縁切り榎というわけだ。

『えのき荘と縁切り榎の関係？』

大家さんが言うには、

『アレだ、アレ。地域活性化事業だ』

ざっくり訳すと、便乗商法。

ありていに言って、えのき荘と縁切り榎はなんの関係もない。地元のシンボルである榎に隣接しているのをいいことに、〝榎〟という言葉をちゃっかり拝借して、〝えのき荘〟と名乗っているだけ。

「うーん、違うな。だけ……でもないような」

午前十時十分。

芽衣が二階へ続く階段横の納戸でクリスマスリースを探していると、背後から気だるげな声をかけられた。

「はよー、管理人さん」

肩越しに振り返れば、レオパード柄のもこもこスウェットを着込んだチャラ男が廊下に立っていた。

「あ、おはようございます。涼太さん」

「なんかさ、今日、めっちゃ寒くね？」

「そうですね。この冬一番の寒気が来てるみたいですよ」

「マジか。オレ、寒いの苦手なんだよね」

そう言って、チャラ男は茶髪頭をがしがしと掻いた。

低血圧そうな白い顔、スジ盛りしやすそうな長めの前髪、耳に並んだピアス。もこもこスウェットの袖口からは、左手首に入れた錨のタトゥーが見えていた。

えのき荘の下宿人のひとりである涼太の職業は、新宿歌舞伎町のホストだ。

痩せてみえるけれど、意外と筋肉質。背は高いのに、ぱっちり二重なので笑った顔が少年みたいな、いわゆる、かっこかわいいタイプ。

これまでの芽衣は、この手のチャラ男とはまったく縁のない暮らしをしていた。東京に出てくるときに家族や友人から、チャラ男、パリピ、ウェイ系などと呼ばれる男の人には決して近づいてはいけないと言われていたからだ。

遊ばれるだけ遊ばれて、捨てられるのがオチ。お金を貢がされるかもしれない。危険ドラッグとか売りつけられるかもしれない。

でも、それはいささか色眼鏡だったということを知った。

管理人をすることになった当初、芽衣は涼太の何もかもが怖くてならなかったが、話してみると意外にも根が真面目であることに驚いた。朝が遅いとか、服装がだらしないとか、親にもらった身体にピアスやタトゥーを入れるのはどうかとか、そうした軟派な部分ももちろんあるにはあるのだけれど、とにかく仕事熱心なのだ。

えのき荘で取っている新聞に、毎朝きちんと目を通しているのは涼太だけだ。

「だって、オレ、みんなと違って朝はヒマだからさ」

夜型人間なので、まぁ、そうでしょうね。

「それに、お客さんに投げられた話を打ち返せないと困るっしょ。ホストってのはさ、トーク力が命だからさ」

芽衣は、ホストというのは顔が命なのかと思っていた。

トーク力のある涼太は、えのき荘のムードメーカーだった。

「んで、この荷物って？　また保奈美さんのダイエット器具？」

涼太が顎をしゃくって、廊下に置いてあるダンボール箱を示した。

「はい、また買ったみたいで……って、ノブナガさん！　それで爪とぎしちゃダメ！」

「ニャッ」

ペイズリー柄の赤いバンダナスカーフを巻いた黒猫が、ダンボール箱の上に乗っかって鋭い爪を立てていた。

「いいぞ。もっとやれ、ノブナガ」

「涼太さん！」

「アハハ。ノブナガのヤツ、壁や柱では爪とぎしないのに、ダンボール見るといっつも大興奮だな」

「あとで爪を切っておきます」

「へー、それも管理人さんの仕事？　大変だなー」

ノブナガは、えのき荘の絶対女王だ。

男の名前だけれど、女の子。とにかくワガママで、気位が高い。

大家の言うことは聞いても、新参の管理人の言うことは何ひとつ聞いてくれない。ちょいちょい芽衣の仕事を増やすようなイタズラをしでかすのだけれど、それがノブナガの仕事でもあるので怒れない。

何より、かわいくて怒れない！

芽衣は猫も犬も大好きなので、毎日、ノブナガとヒデヨシの世話をできることがうれしくてならなかった。

「てかさ、この荷物どうすんの？」

涼太がノブナガの喉（のど）を掻いてやりながら、声をひそめる。

「もうラウンジには置けないっしょ？　上の部屋にだって置くとこないみたいだし。床抜けても困るし」

ラウンジとは、シェアハウス用語で共用の居間のことを指す。居間は居間でいいじゃない、と芽衣は思っているのだけれど、それはそれとして。

「ですよね。それに、保奈美さんはもう十分細いと思うんですけど」

　保奈美は、誰がどう見てもダイエット依存だった。通販で、ダイエット器具を次から次へと購入していた。

「今、この居間に置いてあるのだけでも、ランニングマシンにクロストレーナー、エアロバイク、それからブルブルマシンは三台もあります」

「上の部屋にもステップマシンがあったはず。あとは、バランスボールとか、ＥＭＳマシンとか。使わないんだったら、オレがもらったげるのにな」

「今度は何を買ったんでしょうか」

　芽衣はミッドセンチュリー風の家具で統一された、約十八畳の縦長鉤（かぎ）の字のＬＤ空間（ぶち抜きの居間と食堂）を見回した。

　大家さんのこだわりで、ＬＤ空間のテーブルやイスはジェネリックではなく、実際に一九五〇年代に作られた本物のデザイナーズ家具がそろっている。それだけを見れば、まるでモデルルームのようなコーディネートなのだけれど、そこここにダイエット器具が雑然と置かれている有様は、インテリアに疎（うと）い芽衣の目にも残念な空間となっていた。

「んで、朝メシは？」

「あ、涼太さんの分はお鍋に残してありますよ」

「違う、違う。保奈美さん、ちゃんと朝メシ食ってから仕事行ってた？」

「あぁ、はい。大家さんがノブナガさんを抱きながら、ご飯ひと粒でも残したら、腎臓ひとつ売り飛ばすって」

「マジか！」

「いえ、そういう目をして保奈美さんを見ていた気がします」

「って、管理人さんビジョンかよー」

何せ、大家さんは第六天魔王ですから。

「まぁ、でも、奏さんなら、腹ん中でそんぐらいのこと思ってるかもしんないよね。だってさ、奏さんの朝メシへのこだわりハンパなくね？」

「そうですね。下宿、いえ、シェアハウスで、大家さん自ら朝ご飯を作って振る舞うのって、よくあることなんですか？」

「ないない、共益費一万円で朝メシ付きとかありえねーっしょ」

「しかも、大家さん、お味噌汁はちゃんと煮干しと鰹節で出汁を取ってるんですよね。料理男子ですよね」

「奏さんだって毎晩遅くまで仕事してんのに、早起きするとかマジありえねーわ」

　えのき荘の大家にはもうひとつ別の顔があり、ファッション誌を中心に活躍するヘアメイクアーティストでもあった。

「今日、奏さん、もう仕事出てんの？」

「はい、モデルさんに随行して軽井沢(かるいざわ)まで行くそうで、七時過ぎには出かけました」

「ハードだな。泊まり？」

「日帰りって聞いてますよ。明日の朝ご飯も作る気満々でしたから」

「はー、マジ尊敬するわー。おばあちゃん大家さんのときからの伝統なんだよね、クッソ忙しくても朝メシは食えって。ハラ減ってっと悪縁に立ち向かえねーって」

「おばあちゃん大家さん……」

「懐かしいなぁ。おばあちゃん大家さんもさ、いっつも保奈美さんが朝メシ食べきるのを、食卓の向かいに座って見てたっけなぁ」

　半年前の梅雨(つゆ)どきに亡くなったという、前の大家さん。

「あの……、涼太さんは前の大家さんのこともご存じなんですよね？」

「そらそうっしょ。オレ、ここに来て、そろそろ二年になっからね」

「二年……」

そんなに長い時間をかけても、まだ切れない悪縁があるんですか？

危うく質問しかけて、芽衣は口を閉ざした。

えのき荘の入居条件に、悪縁を切りたい人、という一文がある。

えのき荘は縁切り榎にあやかって、悪縁を切って良縁を結びたいと願う人だけが入居できるという、ある種のワケあり物件なのだ。

悪縁にも、いろいろある。

たとえば、保奈美の場合は見ていてとてもわかりやすいことに、ダイエット依存と縁を切りたいのだろう。これまでにはドメスティックバイオレンスから逃げてきた女性や、借金地獄から再起を図るためにやってきた男性もいたと聞く。

大家は入居審査で下宿人の悪縁を把握できているけれど、下宿人たちはお互いが何に悩み苦しんでいるのかは知らない。日ごろの暮らしぶりから、あの人はこういう闇を抱えているんじゃないか、ああいう縁を切りたいんじゃないかと、おおまかな見当をつけているにすぎないのだ。

芽衣も、下宿人のプライバシーにかかわることは何も聞かされていない。

採用面接を受けたときに、大家から言われた言葉がある。

『管理人をする上で守ってもらいたいルールはふたつ。ひとつ、シェアメイトに余計なお節介を焼かないこと。ひとつ、シェアメイトに必要なお節介を焼くこと』

最初は意味がわからなかったけれど、えのき荘に住み込むようになってひと月が経ち、今はなんとなく、大家の言わんとしていることがわかってきた。

「ような気がする」

誰の心にも、小さな傷のひとつやふたつはあるものだから。

カサブタで傷が塞がったように見えていたとしても、内側はまだぐずぐずと膿んでいることがある。治りかけたカサブタを自ら掻きむしり、何度でも血を流す人もいる。

そうした傷とカサブタの行方を見守るのが、えのき荘の管理人の仕事なんじゃないのかなって。

「あっと、管理人さん、ワリィ。姫ちゃんたちにメッセージ返さねーと」

芽衣がぼんやりしている間に、涼太はものすごい速さで親指だけを動かしてスマホに文字を打ち込んでいた。

ホストの言う『姫』は、お客さんのこと。

「マジかよ、今日、真悠子さん来れねーのかよ。玲奈は？　愛莉ちゃんは？」

歩きスマホしたまま、涼太が食堂へ消えようとするので、

「涼太さん、今朝の献立はけんちん汁と、小イワシとトマトの南蛮漬けと、あおさの玉子焼きです。おいしく召しあがってくださいね」

呼びかけたけれど、返ってきたのは気のない返事だった。

「チョリーッス」

返事は、はい、ですよ。

「涼太さんが切りたい悪縁って、なんだろ。女癖……かな」

商売柄、涼太は常に複数の姫と同時進行で連絡を取り合っていた。食事中も、新聞を読んでいるときも、スマホから手を放すことはない。

うっかり、姫たちの名前を呼び間違えたりしないのかな？

「涼太さんの彼女さんになる人って、大変そう」

そんな心配すること自体、余計なお節介というものなのかもしれないけれども。

午後八時四十分。

羽虫がぶつかったのか、食堂の蛍光灯がジジッと音を立てた。

先ほど、大家さんから電話があった。軽井沢から東京に戻ってはいるものの、急ぎの仕事が入ったそうで、帰宅は深夜になるとのことだった。

今、えのき荘には芽衣と保奈美しかいない。あとは、おそろいのバンダナスカーフを巻いている黒猫と秋田犬ミックス。ノブナガは居間のブルブルマシンの上で、ヒデヨシはその足もとで、うつらうつらしていた。

「聞いてよ、管理人さん。もうサイアク。今日の客、マジでヤバかったんだから」

愚痴りながら、保奈美がヌーディーカラーのネイルを施した指先で、糖質ゼロ・プリン体ゼロの発泡酒五〇〇ミリリットル缶を開けた。

二〇一号室の下宿人、曽根保奈美。

えのき荘で一番年上のお姉さん、本人いわく、崖っぷちのアラサー。全国に支店がある大手不動産会社の池袋営業所で賃貸仲介の営業をしていて、宅地建物取引士の資格アリ。

彼氏ナシ。

「はぁ、これだから内見の立ち会いってイヤなんだよね」

「ナイケン？」

保奈美と向き合って食堂の食卓についていた芽衣は、口に運びかけていた玄米茶をテーブルに置いて小首を傾げた。

「それ、インゲンの親戚ですか？」

「そうそう、って、ちっがーう。ほら、マンションとかアパート探ししてるときに、間取り図だけじゃわかんないから、実際に物件を見て回るアレよ」

「へぇ」

「管理人さんだって、ここに住み込む前はひとり暮らししてたんでしょ？」

「あ、いえ……。わたし、社員寮……社員寮……みたいなところにいたので」

「あ、そうなんだ。社員寮って、何かと面倒そうだよね。仕事辞める、イコール、寮を追い出されるだもんね」

芽衣はあいまいに笑って、うなずき返した。

「働き口も住むところも一気になくしたので、えのき荘での住み込みの仕事に就けて本当によかったと思っています」

「ココ、ワケあり物件だけどね」

「はは……」

「まぁ、それはいいよ。話の続きを聞いて」

「はい、聞かせてください」

「んー、いい返事！　お姉さん、そういうコ大好きよ！」

保奈美がうれしそうに、整った顔をほころばせた。

こうして食堂で発泡酒を飲みながら仕事の愚痴をぶちまけるのが、保奈美の毎晩の恒例行事になっていた。服装は通勤服のまま、今日は紺のノーカラージャケットに、トップスはビジューをあしらった白のカットソー、ボトムスはグレーのワイドパンツという大人のきれいめコーデだ。髪型は、ナチュラルカールのロングヘア。

芽衣はそっと自分の格好を見やり、何もかもが保奈美と違うと思った。

ゆる三つ編みで、着ている服はデニムのオーバーオール。

「こういう小学生いるよね」

小声でこぼし、思わず苦笑いを浮かべてしまった。

雑多な仕事をこなす管理人にとって、汚れが目立たず、手足を動かしやすいオーバーオールは無敵の仕事着なのだ。

「どーした、管理人さん？」

「あ、すみません。お話続けてください」

「それがさ、昼過ぎに、ヨレヨレのスーツを着た会社員だっていう三十くらいの客が来たんだよね。仕事中じゃないのかって、その時点でちょっとヘンだなとは思ったんだけど、ペット可の物件を探してるって言うから、いくつか提案して、それ全部内見したいって言うから、あたしが社用車を運転して見て回ることになって。そのときよ、その客、なんでか助手席に座ったわけ」

　ふつうは社用車で内見に向かうとき、お客さんは後部座席に座るものらしい。タクシーに乗るのと同じ感覚だ。

「ドライブデートじゃないんだから」

「パーソナルスペースが狭い人なんでしょうか」

「なんかちょっとヤバげでしょ？　物件に着いたらもっとヤバくてさ、防犯面の確認をしたいとかなんとか言って、いきなり部屋の鍵を閉め出したわけ」

「え……、鍵のかかった部屋に男の人とふたりきりってことですか？」

「たまにあるんだよね。内見中に客に抱きつかれたとか、キスされたとか」

「キ……、キス!?」

「だから、あたし、カバンからスタンガン取り出して、防犯面が心配ならスタンガンがオススメですよって言ってやったわ」

「保奈美さん、スタンガンなんか持ち歩いてるんですか?」

「いちおね、奏くんがくれたヤツ」

「なんで大家さんが、そんなモノを?」

まさか、あるときは大家、またあるときは臓器の密売人、ヘアメイクアーティスト、しかしてその正体は武器商人であったとか……。

「るりっちがココを出て行ったときに、くれたのよ」

「るりさん……」

芽衣が管理人になる少し前に、えのき荘を引っ越して行った下宿人の名前だった。〝るりっち〟の愛称で、今もみんなから親しまれていた。

「ほら、今、えのき荘のシェアメイトってオトコばっかじゃない? オンナはあたしひとりになって不安なこともあるだろうからって、もしも、野郎どもに何かされそうになったら使えって」

現在、えのき荘に三人いる下宿人の内訳は男ふたり、女ひとり。

確かに見ず知らずの男女がひとつ屋根の下に暮らすシェアハウスでは、『何かされそうになる』リスクがないとは言えない。

「だけどね、奏くん、こうも言ってた。ウチのシェアメイトにそんなクズはいないから、使うこともないだろうって」

「大家さんが、そんなことを……」

下宿人たちを、信頼しているのだ。

「あたしもね、えのき荘にはクズはいないって思ってるから、なんの不安もないよって言ってやったけどね。だって、今ココにいるオトコって、涼太とタマちゃんだよ？　涼太は姫いっぱいいるし、タマちゃんは座敷わらしだし」

「座敷わらし？」

「めったに顔を合わすことがないからね」

「ああ、なるほど」

保奈美の言う〝タマちゃん〟とは、三人の下宿人のうち一番古くからいる浪人生のことだ。ただいま四浪中で、医学部を目指している。

タマちゃんは朝ごはんを誰よりも先に食べ終え、誰よりも先に出かけて行く。ノブナガやヒデヨシに勉強の邪魔をされないように、池袋の予備校で一日中缶詰になっているらしいのだ。アルバイトもしているので、えのき荘へはほとんど寝に帰ってくるだけだった。

「このメンツで、なんの間違いが起きるってのよね」

「ふふ、そうですね」

「むしろ、あたしの方がふたりから肉食系って恐れられてたりしてね」

下宿人同士も、信頼し合っている。

ひとつ屋根の下に暮らすということは、こういうことなのだ。

「そうこうしているうちに管理人さんがやって来て、また女ふたりになって、ガールズトークができるのは素直にうれしいわ」

「そう言ってもらえると、わたしもうれしいです。るりさんが出たまま空いてる二〇二号室にも、また女性の下宿人さんが入るといいですね」

「そこ、シェアメイトだから」

「あ、そうでした」

えのき荘にさよならしたということは、るりは見事に悪縁を断ち切ることができたのだろう。どんな闇を抱えていたのか、るりと仲が良かった保奈美なら知っているはずだが、ぺらぺらと口にして酒の肴にするようなことはしない。

ふと、芽衣はえのき荘の求人広告を見つけたときのことを思い出した。

フリーペーパーに掲載された住み込みの管理人を募集する広告には、〝急募〟の文字が躍っていた。しかも、女性限定の求人だった。

おばあちゃん大家さんは、大家と管理人の両方の役目をひとりでこなしていたそうで、えのき荘にはもともと管理人がいなかった。

それなのに管理人を雇うということは、今の大家さんがヘアメイクの仕事を優先させるためなのだろうと芽衣は勝手に解釈していたけれど、もしかしたら、保奈美を不安にさせないために、急きょ住み込みの女性管理人が必要だったのかもしれない。

「少しだけ……、大家さんを見る目が変わりそう」

「んー？」

「いえ、ひとり言です」

「あー、わかるー。ひとり暮らしが長くなると、ひとり言も多くなるよねー」

陽気に笑う保奈美が、青白い手で発泡酒をあおった。

枯れ枝ほどに痩せている保奈美では、男の力には到底太刀打ちできない。スタンガンを奪われたら、逆に危ないのではないだろうか。

「保奈美さん。話は戻りますけれども、ヘンなお客さんには気をつけてくださいね」

「大丈夫、大丈夫。あたし、中学高校と柔道部だったから」

「えっ」

「もち、黒帯」

「ええっ」

ゼンゼン、そうは見えない！

保奈美は目鼻立ちがくっきりした華やかな美人顔なので、学園のアイドルといったイメージだ。いえまぁ、柔道女子が学園のアイドルでもおかしくはないのだけれども。

と、興奮したら、芽衣のお腹の音が鳴った。

「やっだ、今の管理人さんの？」

「す、すみません。晩ご飯まだ食べてないんです。あ、ご近所さんからのいただき物の銀杏で炊き込みご飯作ったので、一緒にどうですか？」

「いい、いい。あたし、夜はコレしか口にしないの」

　コレとは、糖質ゼロ・プリン体ゼロの発泡酒だ。

「でも……、少しは食べないと」

「朝ご飯食べてるもん、奏くんがうるさいから。奏くんってさ、なんか給食委員みたいじゃない？　残したら先生にチクるぞみたいな目でじっと見張ってんだもん」

「わたしは、腎臓ひとつ売り飛ばすぞっていう目だと思って見てます」

「腎臓！　それ困る！」

「大家さんも、きっと保奈美さんの身体を心配して……」

　言いかけて、それ以上は言うのをはやめた。

　ここから先は、間違いなく余計なお節介だからだ。

「そういえば、今日、荷物届いてましたよ。廊下に置いてあります」

　芽衣は努めて明るく、話題を変えた。

「あー、いつもありがとね。すっごいよさげな腹筋クッション見つけたんだよね」

「腹筋クッション？」

「そう、仰向けに寝っ転がって、お尻の下に敷くだけ。あとは足を上に持ち上げて、テレビとか観(み)てれば腹筋が鍛えられるんだって」

仰向けに寝っ転がって、足を上に持ち上げる。

しゃちほこみたいな格好だろうかと考えてから、しゃちほこはうつ伏せに寝っ転がって足を反らす姿勢だと気づいた。

たったそれだけのことなのに、芽衣は唐突に噴き出して笑ってしまった。

「管理人さん、どーした？　今、笑うとこだっけ？」

「ごめんなさい、なんか、しゃちほこって身体張ってるなって思ったら、ふふ、笑いのツボに入っちゃって。うふふ」

「なんで、しゃちほこ？　意味わかんないけど、管理人さんのそういう笑い上戸なとこも大好きよ」

「お話の腰を折ってすみません、続けてください」

芽衣は涙を拭いて、話を促した。

「うん。あともう一個はね、ボディブレードね」

「ボディブレード、持ってなかったんですか？」

「ううん、持ってる。三個目」

保奈美は、買い物依存でもあるのかもしれない。欲しいと思ったダイエット器具をネットで手当たり次第購入しては、買ったことだけで満足してしまうのか、実際にそれらを使って汗を流すようなことはまずしない。

それでいて、食事を抜く。給食委員がうるさいので朝ごはんは食べているけれど、そのあと、トイレで吐いていることを芽衣は知っている。

バランスのいい食事と適度なエクササイズを組み合わせた方が、健康的なダイエットができるのに。今の保奈美は、不自然にガリガリだ。

「保奈美さん、わたしなんかよりずっとキレイなのに」

思わず声に出してしまうと、今度は保奈美の方が噴き出して笑った。

「わたしなんか、とか言わないの。管理人さんだって、田んぼのあぜ道をヘルメット着用で自転車漕いでるリンゴほっぺの女子高生みたいでカワイイよ」

「リンゴほっぺって、それ、褒められてるんでしょうか？」

「褒めてる、褒めてる。すっぴんでそれだけカワイイんだから、盛ったらヤバイよ」

あー……、一応、メイクはしてるんですけども……。

「管理人さんもさ、えのき荘には宅配の人とかご近所さんとかちょこちょこ顔出すんだから、普段からちゃんとメイクするといいよ」

「はぁ」

もうメイクしてるとは言い出せない。

「そのサロペットだってさ、動きやすいのはわかるけど、もう少しオシャレしてもいいんじゃない？」

「サロペット？」

「オーバーオールのこと」

呼び方ひとつで、急にオシャレ番長になった気分。

「接客の仕事ってね、客を選べないから。どんなときでも、キレイでいたいんだよね」

「どんなときでも？」

「運命のいたずらって、いつも突然だから。それでもって、意地悪だから」

保奈美が空になった発泡酒の缶を両手で転がす。

「今日に限ってダサい服着てたーとか、寝グセついてたーとか、アイライナーこすれてたーとか、イヤでしょ？」

「はは、ありがちですけどね」

「そう！　ありがちだからこそ、気をつけなくちゃダメなんだって。見返してやりたいヤツに、いつ再会できるかわかんないんだから」

「見返してやりたい……ヤツ？」

「だって、あたし二十九だよ？　崖っぷちのアラサーだよ？　彼氏ナシ、あるのは脂肪だけ。って、今なんかうまいこと言っちゃった」

やけっぱちに言って、保奈美が片手で空き缶をぐしゃりと握りつぶした。元柔道女子というのもダテじゃないようだ。

「はぁ、周りはみんなどんどん結婚していくしさぁ」

「わたし、まだ結婚式って出席したことないです」

「そのうち、イヤってほど誘われるから。で、半分くらいがすぐバツイチになるから」

「そういうものなんですか？」

「そういうもんよ、ご祝儀返せって」

話すだけ話してすっきりしたのか、保奈美が立ち上がって軽く伸びをした。

ワイドパンツからのぞく足首は、手首みたいに細い。あんな足で、よく踵（かかと）の高い靴を履いて歩くことができる。

「さてっと、お風呂入っちゃおっかな」

「お部屋のお風呂に入りますか？」

えのき荘の各部屋はバス・トイレ付きなので、下宿人たちは基本的には自室のお風呂に入ることになっていた。

「それとも、一階のお風呂に入りますか？」

一階は、本来は大家の奏と管理人の芽衣のためのお風呂だった。

「うん、一階のお風呂貸して。野郎どもはシャワー浴びるだけだから部屋のユニットバスでもいいんだろうけど、オンナはバスタイムって大事なデトックスの時間だもんね」

「そうですよね」

「ユニットバスだと足伸ばせないし、シャワーだけだと疲れ取れないし、アラサーにはキツいのよ」

「そうしたら、いちおう八時にお湯が沸くようにしておいたんですけど、もう冷めてると思うので追い焚き（だ）してあったまってくださいね」

「チョリーッス」

涼太の口真似（まね）をして、保奈美が食堂を出て行く。

その足取りが少しだけフラついているように見えたので、芽衣はじっと保奈美の背中を見つめた。

「空きっ腹でビール飲んでお風呂って、一番やっちゃいけないコンボじゃない？」

転倒、もしくは脳出血や心臓発作を起こしたら大変だ。

お風呂場で大きな物音がしたらいつでも駆けつけられるように、芽衣は廊下の東側にある水回りへ聞き耳を立てた。

「クーン」

「ん？　ヒデヨシさんも、保奈美さんが心配なの？」

「クーン」

保奈美は実家でも猫と犬を飼っているそうで、ノブナガとヒデヨシをとてもかわいがっていた。そんな保奈美のことが、ヒデヨシも大好きなようだった。

ヒデヨシは身体が大きく、毛足が長い。それでもって、目が小さい。ＳＮＳに投稿したら、ブサかわワンコとして人気が出そうな風貌だった。

そのヒデヨシがブルブルマシンの足もとから移動して、落ち着かない様子で水回りと食堂を行ったり来たりしているので、

「保奈美さんが出てくるまで、一緒に待ってようね」

と、芽衣はむくむくの頭をそっと撫でてやった。

「こういうのも余計なお節介って言うのかな」

ううん、これは必要なお節介だ。

保奈美さんが倒れたら、みんなが心配する。

「大家さんは保奈美さんのダイエット依存について、どう思ってるのかな」

朝ご飯を食べたあとで吐いていることに気づいているのか、いないのか。

見て見ぬフリ、と言ってしまうと突き放しているように聞こえるが、えのき荘ではいらぬ世話をしないことになっているので、基本的には大家も管理人も下宿人の悪縁にはノータッチだ。当人がそれぞれに悩み苦しみ、何かをきっかけに生まれ変わっていくのを見守るしかない。

生まれ変わるには、神頼みも有効な手段だ。

下宿人たちはみんな、縁切り榎のお社に絵馬を納めて願掛けしている。

「みなさんの悪縁を、どうか縁切り榎が切ってくれますように」

芽衣は縁切り榎がある方角へ向き直って、両手を合わせた。

祈ることしかできないけれど、朝晩一日二回、縁切り榎に詣でるようにしていた。お社まわりの掃き掃除して、水や盛り塩を取り替えて。

そうした神頼みのサポートこそ、えのき荘の管理人が何より大切にすべき仕事だった。

不動産広告でよく見る、『駅近、徒歩五分』といった文言（もんごん）。

本当に最寄り駅まで五分なのかと疑ってかかる客は多いが、

「本当ですよ。一分を八十メートルで計算することが、公正競争規約で決まっているんです。ですから、こちらの物件ですと、五分×八十メートルで、駅までがおよそ四百メートルということになりますね」

ただし、たとえば最寄り駅に向かうために大通りを渡らなくてはならない物件などは、信号待ちの時間が一～二分程度プラスされることになる。

あとはターミナル駅や地下鉄の場合、駅構内がちょっとしたダンジョンになっていることもあるので、家から五分で電車に乗れるのかというと、そういうわけではなかった。

保奈美は池袋営業所内で、常に賃貸契約件数のトップを走る優秀な営業レディだ。

コツは、話し上手で聞き上手であること。雑談の中から客の趣味嗜好を探り、客が借りたい物件だけでなく、こちらが貸したい物件をさりげなく提案する。

「それから、こちらの物件は、一階は自家製酵母を使ったベーグルサンドが人気のカフェになっているんですよ」

最近は、近くにおしゃれなカフェがある物件を求める若者が多い。

でも、自分だったら、一階に飲食店が入っているマンションは借りない。ゴキブリが出るからだ。

「駅近、築浅で南西向きの角部屋、ふたり入居可、こんなに好条件がそろうお部屋はめったにないと思いますよ」

本日一組目の客としてやって来た若いカップルに、保奈美はとびきりの営業スマイルで笑いかけるのだった。


保奈美の夢は、二十五までに結婚することだった。三十までに、子どもをふたり産む予定だった。無理だったけど。

二十六、七までは周囲からイジってもらえたのに、二十九になった今、誰もそのことに触れてこなくなった。
「保奈美センパーイ、この秋鮭とポルチーニ茸のクリームパスタおいしーですねー」

スパゲッティ、麺だけで一人前がおよそ三百八十キロカロリー。さらにクリームソースとなると、カルボナーラ、ミートソースの次に高カロリーだ。

「里衣紗はイタリアン好きだよね」

「えー、だってー、おいしーじゃないですかー。保奈美センパイってー、もしかして和食派ですかー？」

「あたしはおいしいもの派。おいしければ、なんでもアリ」

「じゃあ、じゃあ、保奈美センパイ、明日はラーメンにしませんかぁ？　わたし、行きたいとこがあるんですぅ」

「いいけど、美夕の行きたがるラーメン屋って、並ばないと食べられない行列店ばっかなんだよね」

ラーメン、麺だけで一人前が五百キロカロリーになることもある。ダイエット女子ならスープは残すことが鉄則。ライス、餃子は悪魔のささやき。

昼休み、保奈美は営業所の後輩である里衣紗（二十一歳）、美夕（二十二歳）と連れ立ってランチに出ていた。土日は物件探しに来店する客が多いのでコンビニ弁当をかき込むことが多いが、今日のような平日はそれなりに外に食べに行くこともできる。

ハタから見れば、制服姿の仲良しＯＬが優雅にイタリアンを楽しんでいる光景に映ることだろう。

ちっとも楽しくなんかない、と保奈美は内心でため息をこぼした。

楽しんでいるフリをしているだけ。

頭の中では、常にカロリーの計算をしていた。

成人女性が一日に必要な摂取カロリーの目安は、およそ千八百キロカロリーと言われている。デスクワークの人、立ち仕事の人、日常的に運動をしている人など、ライフスタイルによって多少の幅はあるものの、ダイエットをしているならこの数値を超えないように考えながら食事をするといい。

とはいえ、保奈美の場合は、どうせ何を食べたって同じ。

だって、あとで全部吐けばいいだけだから。

保奈美は、自分を白鳥だと思っている。美に対する意識の高い白鳥。

でも、白鳥には知られざる一面がある。あんなに優雅な姿で湖面に浮いているけれど、水面下の足は必死に水搔きをしている。

保奈美も、いつでも白鳥のように美しくいたいと思っている。そのための努力は水面下でするものであって、足搔（あが）いている姿は決して他人に見せてはいけない。

だから、たとえどんなにカロリーが気になっても、里衣紗と美夕の前でランチを抜くようなみっともないことはしない。

美人で、オシャレで、仕事のできる保奈美センパイ。

醜（みにく）いなんてこと、あってはならない。

そのイメージを守るためには、人知れず水面下で足搔き続けるのだ。

「食後のドルチェはー、わたしは栗ババロアのズコットにしますー」

ズコット、ドーム型のスポンジケーキの中に、クリームやババロアを入れた脂質の高いお菓子。

「じゃあ、じゃあ、わたしはティラミスにしよっかなぁ」

ティラミス、マスカルポーネチーズは低糖質だが高カロリー。

保奈美はドルチェメニューをパッと見て、

「あたしはピスタチオのジェラートにしとく」

ジェラート一択。乳脂肪分八パーセント以上のアイスクリームにくらべ、ジェラートなら乳脂肪分五パーセント程度。ややヘルシー。

里衣紗も美夕も、顔の造作はそこそこでも、美に対する意識が高い。

里衣紗も美夕も、仕事はできなくても、愛想がいい。

ふたりとも就職というものを結婚までの腰かけだと思っているので、日々の仕事に精を出すよりも、日々出会うソロ活動系男子に愛嬌を振りまくことの方に余念がないのだ。

でも、若いうちは、それぐらいしたたかでいいと思う。

保奈美は日々の仕事に精を出すあまり、彼氏にすら愛嬌を振りまくことをしなくなっていた。彼氏が自分から離れていくなんてこと、絶対にないと思っていたから。

絶対なんて、絶対にないのに。

「って言ったのって、信長だっけ」

黒猫のノブナガではなく、戦国武将の織田信長。

いわく、絶対は絶対にない。

あたしはいつもそうなんだ。高校最後の柔道大会でも、自分に限って負けるなんてこと、絶対にないと思っていた。有終の美を飾って終われるものだと信じていた。その自信はどこからくるのか、なんの根拠もないのに、なんでも自分に都合のいいように解釈する。

大学卒業後は、就職した旅行代理店がブラック企業なんてこと、絶対にないと思っていた。自分が選んだ会社が、間違っているはずがない。仕事漬けでも、やればやっただけ報われると夢を見ていた。

でも、ブラック企業で仕事漬けになったところで、お給料は上がらない。出世していくのはオトコばっかり。

彼氏と三カ月以上もメッセージのやり取りが途絶えていることに気づいたとき、会社を辞めた。二十七歳のときだった。

「どうせ離婚するよぉ」

美夕の言葉に、保奈美はハッとして顔を上げた。

「えっ、離婚？」

「そうですぅ。保奈美センパイがさっきまで接客していた新婚さんの話ですぅ」

「あ……。あの若いカップル、年明けに結婚式を挙げるみたいね。その前に、一緒に暮らし始めるんだって」

「なんかー、濃いカンジのふたりでしたよねー。夏フェスとかにいそうなー」

「わかるぅ、家賃滞納しそぉ」

「コラコラ、そういうの、夏フェスにいる人たちに失礼でしょ。ふたりとも美容師さんらしいよ。だから、平日昼間の来店なんだって」

話しながら、保奈美はチラリと腕時計を見た。

今、若いカップルには、一階にカフェがある物件を内見しに行ってもらっている。昨日のヤバイ会社員は、道がわからないから同行してくれだなんだとせがんできたが、たいていの客は自分たちだけで物件を回りたがるものだし、その方がこちらも手間が省けるので鍵だけ渡して自由に見てもらうようにしていた。

「あ、そろそろ営業所戻んないと。十三時半に、お客さんに鍵返してもらうことになってるんだよね」

「えー、ドルチェはどうしますかー」

「かき込む！」

「さっすが保奈美センパイ、そうこなくっちゃぁ」

保奈美は店員にピスタチオのジェラートを大至急持って来てもらって、きれいにすべてを平らげた。

味なんて、わからない。

食べたものを吐くようになってから、何を食べても砂の味しかしなくなった。

「保奈美センパイの勘だとー、今日のふたり、どれくらいで離婚しそーですかー？」

「そうねぇ。美容専門学校の同級生だって言ってたから、付き合い長くて逆にダメになるパターン？　もってギリギリ二年ってとこかな」

「じゃあ、じゃあ、今日内見した物件で賃貸借契約を結んだとしても、次の更新はないってことですかぁ？」

「ないだろうねぇ」

賃貸物件は、たいていが二年間の賃貸借契約を結ぶことになっている。四年、六年と住み続けるには、二年ごとに更新をしなければならない。

池袋は周辺に大学が多く、若者の街なので、来店客の顔ぶれも総じて若い。そのせいか、保奈美の営業所では物件の更新を重ねる客が他店舗よりも少なかった。

若者が物件の更新をしない理由は、さまざまだ。池袋界隈（かいわい）は家賃が高いので、もっと安い町へ引っ越ししたり。大学生は四年で卒業するので、更新しても一度きりだったり。

あとは、若い夫婦は一緒に暮らし出してから別居までが早いというのもある。

要するに、スピード離婚だ。二年を待たずに、途中で契約解除を申し出るなんてこともざらだった。

貸主や不動産会社としては、解約予告期間をきちんと守ってくれさえすれば、中途解約してもらっても一向に構わない。ただ、借り手側に礼金は戻らないし、契約内容によっては違約金を取られる場合があるということは覚えておくといいだろう。

「わたしー、今のカレシと結婚したらー、ゼッタイ離婚なんかしませんー」

「じゃあ、じゃあ、里衣紗は結婚後にもっといい人と出会ったらどうするのぉ？」

「その人に乗り換えますー」

「ほらぁ、それを離婚ってゆうのぉ」

「あー、そっかー」

里衣紗と美夕は、あっけらかんと笑っていた。

今や、離婚は珍しいことじゃない。愛のなくなった相手に滅私奉公(めっしほうこう)する必要はないのだから、顔を見るのも、同じ部屋の空気を吸うのもムリだと思ったら、さっさと離婚して別の人生を歩み出せばいい。

むかしは新婚時代を蜜月と呼んだらしいけれど、結婚は蜂蜜みたいに甘くなんかないということを、保奈美は賃貸物件の営業をすることで日々目の当たりにしていた。これまでどれだけ、離婚を理由に契約解除した夫婦を見てきたことだろう。

「だからこそ」

と、保奈美は営業所へ足早に向かいながら思う。

あたしは、そのときを待っている。

必ず、〝アイツ〟を見返してやるんだから。

◇

十一月末、平日。午後一時三十分。

えのき荘の居間では、芽衣と、夕方出勤の涼太と、シフト制で平日に休みを取っている保奈美の三人がクリスマスツリーを出していた。

「うおー、ひっさしぶりにラウンジが広く見えるっすねー」

「学級委員の奏くんがうるさいから、エアロバイクいっこ廃品回収に出したんだもん」

給食委員から学級委員になった大家さん。

「廃品っつーか、使ってなけりゃ新品っすよね？　ネットフリマに出したら、金になったんじゃないっすか？」

「ダメダメ。知らない人とやり取りとか、あたしそういうの面倒臭くて」

「だったら、オレにくれればよかったのに」

「涼太、ダイエットなんかしないでしょ」

「売るんすよ」

「それそれ、ホストってオンナからもらったモノをソッコーで売るマンだよね」

「歌舞伎町に、二十四時間買い取りしてくれるとこあるんすよ」

「そんな情報いらないから」

涼太と保奈美は、手よりも口ばかり動いていた。

姉と弟のような様子を微笑ましく見やりながら、芽衣はエアロバイクを処分してできたスペースに、ひとりせっせとクリスマスツリーを設置した。

「よっこいしょっと」

身長百五十八センチの芽衣よりも背の高いクリスマスツリーだ。重い。

「ねぇ、涼太、るりっちが去年買い足したLEDのオーナメントどこにしまった？」

「あー、そんなのあったっすね」

「あったっすねーって、この手のパーティーグッズの管理は涼太の担当でしょ」

「そうなんすけど、クリスマスだけは奏さんの担当っすから」

「そっか、そっか。奏くんのクリスマス愛は異常だもんね。サンタクロースいまだに信じてるからね」

「ウソ!?」

と、芽衣は話に割り込むように叫んでしまった。

「あの第六天魔王の大家さんがサンタクロースを!?」

「ヘンなとこでピュアなんだよね。クリスマスツリーのトップスターは、毎年、奏くんが飾るって決まってるからね」

「願いごとしながら飾るんすよね。星に願いをって、彼女できますようにとかっすかね」

涼太がニヤニヤ笑って、クリスマスベルを陽気に鳴らした。

ああ、このいたずら少年っぽい笑顔にやられる姫たちの気持ち、うん、わからなくもない……かも。

「そんなこと星にお願いしなくても、奏くんのあのキセキの左右対称顔だったら、余裕で彼女のひとりやふたりや三人や四人はできるでしょうよ」

彼女というのは世間一般の共通認識として、ひとりなのではないかと。

「それなー。奏さん、イケメンだかんなー」

そう、大家さんは顔だけはいい。目つきと愛想と性格は悪いけれども。ついでに、口も悪いけれども。

「ってゆうか、奏くん、彼女さんいるんじゃない？」

「えっ!?」

「えっ!?」

涼太と芽衣の声が重なった。

「マジっすか!?　やっぱ、お相手はモデルっすか!?」

「そこまではちょっとわかんないけど、ときどき、タブレットですっごい長文メッセージ打ってるよね」

「なんすか。そんなん、オレだって打ちますって」

「涼太のは営業でしょ」

「奏さんだって、仕事なんじゃないっすか？」

「違うと思う、あれは。あんな穏やかな顔で仕事のメッセージ打たないもの」

芽衣には、大家の穏やかな顔というのが想像できなかった。

「ちょ、やめてー、デレた奏さんなんか見たくねー。クールなニキでいてくれー」

「ナニよ、涼太、『ニキ』って？　ニラの親戚？」

「アニキってことっすよー、ネキー」

「ナニよ、涼太、『ネキ』って？　ネギの親戚？」

「アネキってことっすよー、ネキー」

涼太は穏やかな顔の大家を想像できたのか、ぶるんぶるん頭とベルを振っていた。

「涼太、ベルうるさい」

「あー、クールなネキもいいっすねー」

居間がワイワイと盛り上がる中で、芽衣はひとり眉間にシワを寄せていた。

芽衣にとって大家は、穏やかさとは無縁の第六天魔王だ。ブラック大家、もしくは、小姑。口うるさいだけ。

そもそもが、採用面接の段階ですでに圧迫面接だった気もする。

あんな大家さんのどこを好きになれるのか、

「物好きな彼女さんもいるんですね」

つい、本音が出てしまった。

そのとき、芽衣が手にしていたトップスターを、背後から近づいてきたノブナガが素早い猫パンチで奪い取った。

「ニャア」

「あっ、それはダメ！」

「ニャア」

ダメと言われると余計にやるのが、猫という生き物だ。

ノブナガはカーペットに落ちたトップスターをくわえると、芽衣をチラリと見やってから、悠々と居間を横切って行った。

「ダメダメ、ノブナガさん！　返して！」

「やっべーよ。奏さんの心臓のトップスター、ノブナガに奪われたよ」

「トップスターが心臓!?　大家さんって、そんなファンタジー設定なんですか!?」

芽衣が律儀にツッコんでいる間にも、ノブナガの姿は廊下へ消えていた。

「あぁ……。涼太さん、保奈美さん、クリスマスツリーの続きお願いします。わたし、ノブナガさんさがしてきますね」

「そうだねー、心臓取り返さないとねー」

　保奈美はあっさりファンタジー設定を受け入れていた。

　芽衣が廊下に出ると、ノブナガは長いしっぽを立てて、新参の管理人が追いかけてくるのを待ち構えていた。猫がしっぽを立てるのは、ご機嫌な証拠だ。

「ノブナガさん、わたしで遊んでますね？」

「ゴロゴロゴロ……」

「大家さんの心臓、返してください」

「ゴロゴロゴロゴロ……」

　喉が鳴っていた。

　取れるものなら取ってみニャさいよ、とばかりに、ノブナガがまた歩き出す。

　廊下の正面には玄関があり、その手前の右側がお風呂やトイレなどの水回りで、左側の六畳間は芽衣の部屋になっていた。もともとは、ここはおばあちゃん大家さんの部屋だったそうだ。

勝手知ったるもので、ノブナガは器用に前脚でドアを開けると、スタスタと六畳間へ入って行った。

「もしもーし、そこはわたしの部屋ですよー」

西日が当たって気持ちいいのか、ノブナガはよくこの部屋の窓辺で庭を眺めながらうつらうつらしている。きっと、おばあちゃん大家さんがいたころから、そうやって過ごしてきたのだろう。

芽衣の部屋は、必要最低限の物しか置いていない殺風景な部屋だ。

同世代の女子はもっとかわいい雑貨や、流行(はや)りの服、こだわりの化粧品などに囲まれているのだろうけれど、芽衣はモノに対してまったく執着がない。

自分は何が欲しいのかも、よく……わからない。

「ノブナガさん、おやつとトップスター取りかえっこしませんか?」

芽衣はオーバーオール、じゃない、サロペットの胸ポケットから、ノブナガの好きなペーストタイプのマグロ味のおやつを取り出した。

一瞬だけノブナガの耳が動いたものの、すぐに顔を背けて大あくび。

口から、トップスターが落ちた。

今こそチャンスと芽衣が近づいたところ、

「ニャーッ！」

という捨て台詞とともに、またしても器用に前脚で窓と網戸を開けて、ノブナガが庭に出て行ってしまった。もちろん、トップスターをくわえ直して。

「あぁ、大家さんの心臓が！」

ノブナガを追いかけて芽衣まで窓から庭に出るわけにいかないので、廊下に戻って玄関を目指した。

「ワン！」

「ヒデヨシさんは外に出ちゃダメ、そこで待っててね」

「ワンワン！」

散歩に連れて行ってもらえると思ったのか、ヒデヨシがむくむくのしっぽを振って玄関まで追いかけてきた。

それをなんとかなだめて、サンダル履きで引き戸をガラガラと勢いよく開く。

と同時に、芽衣は顔面を思いっきり塗り壁にぶつけてしまった。

「アイタタ……、なんで玄関に塗り壁が……」

「ただいま」

「え……、しゃべる塗り壁……?」

鼻の頭を押さえてそろそろと顔を上げると、ハッとするほどのイケメンが芽衣を見下ろしていた。長身で、手足が長くて、芸能人のように顔が小さい。

その小さい顔を構成する目鼻立ちは、見事に左右対称だった。一カ所だけ、左目の下に泣きぼくろがあった。

伊勢谷奏、二十七歳。泣く子も黙る、えのき荘の第六天魔王のご降臨だった。

「大家さん!」

「お前さ」

地獄の底から聞こえてくるような低い声だった。ニュアンスパーマのかかっている栗色の髪からのぞく目つきが、すこぶる悪い。

「教えただろうが、ウチはあいさつのできねーようなクズはいらねーんだよ。あいさつは基本の〝き〟だろうが」

「あっ、す、すみません! おかえりなさい!」

「おう、ただいま」

黒のレザージャケットに、ダメージジーンズ。オシャレにちんぷんかんな芽衣から見ても、大家さんは間違いなくオシャレ番長だ。

売れっ子ヘアメイクさんなんだから当たり前、か。

「あれ？　ノブナガさん、いつの間に」

「ニャア」

奏はノブナガを抱っこしていた。

その手には、奪われたトップスターもあった。

「ノブナガのヤツ、門のところでオレを出迎えてくれたんだよ」

「ニャア」

腕の中で大家さんを見上げるノブナガさんのうっとりとした顔ときたら、もう。

「ワンワン」

「おう、ヒデヨシもお出迎えしてくれんのか。よしよし、ふたりともいい子だな」

ふたりではなく、一匹と一頭なんですけれども。

口の悪い奏が、ノブナガとヒデヨシには子どもに語りかけるような口調になるのがおかしかった。えのき荘の人々はみんな、『ふたり』に甘いのだ。

「ふふ」

「ああ?」

「い、いえ」

ほっこりとした気持ちになっていることを奏に悟られないように、芽衣は表情を改めた。

「よかったです。大家さんの心臓を取り戻せて」

「オレの心臓?」

「はい、そのトップスター」

「はぁ? 心臓は☆のカタチじゃねーだろ、♡だろ」

誰がそんなおもしろい切り返しをしろと。

笑いのツボに入ってしまって噴き出しそうになるのを、芽衣は必死で堪えた。

「い、いえ、あのですね、カタチの話じゃなくてですね」

「お嬢」

「……え?」

「お前さ、どんだけ世間知らずのお嬢さまなんだよ」

「……そんなこと、ないです」

「なら、メルヘン女子なの？　星が心臓とかファンタジー設定すぎんだろ」

それ言い出したの、涼太さんなんですけれども。

わたしは『お嬢さま』ではない。

世間知らずではあるけれども。

「で、何？　ノブナガ、ヒデヨシ、お嬢の三人でオレのお出迎え？」

「あ、その、わたしはノブナガさんを追いかけて玄関まで来ただけで。ところで、大家さんは何しにここへ？」

「バカか。ここ、オレんチだし」

「ずいぶん早いおかえりですね、お仕事は？」

「午後イチの予定だったスチル撮影が夜に変更になったんだよ。時間できたから、冷凍してある粕床（かすどこ）で粕漬け作っとこうかと思ってな」

粕床って、冷凍できるんだ。

「スーパー寄ったら、赤魚の切り身が安くてラッキーだったわ」

手にぶら下げたエコバッグの中には、赤魚の切り身のほか、朝食用の食材と思（おぼ）しき葉物野菜やはんぺんなどの練り物が詰め込まれていた。

エコバッグ、持ち歩いてるんだ。

どういう頭の構造をしていたら、仕事の空き時間で粕漬けを作るという発想になるのだろう。粕床も、もちろん自家製だ。

「大家さん、いっそのこと、毒舌料理研究家にでもなったらどうですか?」

「ああ?」

しまった、本人を前にして本音が出てしまった。

「毒舌は余計でした、すみません」

「そこじゃねー。イケメンを忘れてんだろ、なるならイケメン毒舌料理研究家だろ」

「自分で言いますか、それを!」

「お嬢」

「は、はい?」

調子に乗って余計なツッコミを入れてしまったかと身構えたけれど、

「その前髪、いいじゃん」

「……え?」

「丸顔はハの字の前髪が似合うんだよ」

芽衣は絶句した。

　さすが、ヘアメイクアーティスト。今日の芽衣は、いつもは下ろしている前髪を左右に分けてヘアピンで止めていた。

「あ……、あ、ありがとう……ございます」

「で、オレはいつまで玄関に立ってりゃいいわけ？」

「あぁ、すみません！　どうぞ上がってください！」

　奏の後ろに見える空は、よく晴れわたっていた。今日は風がないので寒くはないが、空気が乾燥しているので肌がカサカサになりそうだった。

　奏が靴を脱ぐのと入れ違いに、玄関に向かって廊下を慌ただしく走ってくる保奈美の姿が見えた。

「保奈美さん？　どうかしましたか？」

「管理人さん、あたしちょっと営業所に行ってくる」

「えっ、でも、今日はお仕事お休みなんじゃ」

　保奈美は休みの日でもフルメイクで、部屋着もいつもオシャレなものを着込んでいるのだが、今は先ほど居間にいたときよりもさらにオシャレな通勤服に着替えていた。

「今、里衣紗がメッセージくれて、アイツから電話があったって」

「アイツ？」

「これから来店したいんだって、まだ更新月には早いのに」

「えっと、あの」

話が見えないので、芽衣は助け船を求めるように奏を見やった。

その視線を追った保奈美が、

「あぁ。奏くん、おかえり」

と、基本の〝き〟のあいさつをする。

「ただいま、保奈美さん。今の話のアイツって、例のアイツのこと？」

「うん……」

保奈美がうつむきがちにうなずいてから、くっと顔を上げた。

「奏くん、あたし、やっとえのき荘にさよならできるかも」

「えっ」

と、声をあげたのは奏ではなく、芽衣。

えのき荘にさよならするとき、それはすなわち、悪縁が切れたとき。

保奈美の悪縁はダイエット依存のはずだ。今朝も奏の作った料理を一度は平らげたものの、あとでこっそり吐いていた。

唐突な展開に芽衣は動揺したが、奏は眉ひとつ動かさない。

「そうですか。オレに、なんかできることってありますか？」

「ありがと。いってらっしゃいって見送ってもらえたら、それで十分」

「じゃ、いってらっしゃい」

「いってきます」

「あっと、ちょい待った」

呼び止めがてら、奏が抱っこしていたノブナガを下ろして、肩から提げていた大きな黒いカバンの中をガサガサと探り出した。

出てきたのは、一本のリキッドアイブロウだった。

「こっち向いて、保奈美さん」

「ゼイタク、奏くんが勝負メイクしてくれるの？」

「いつもと同じメイクじゃ、勝負かけらんないでしょ」

奏が流れるような仕草で、保奈美の額に手をかけた。

世間では、こういうのを顎クイというのでは……と、芽衣はドキドキしたけれど、奏の表情が真剣なことに気づいて背筋を伸ばした。

「平行眉は愛され眉とか言われてブームだけど、眉尻に少し角度をつけてアーチ眉にすれば、できる女感がアップするから」

そう言って、奏が保奈美の眉尻にグレーのリキッドアイブロウで繊細な線を描き足していく。その指が女の人みたいに細くて、芽衣はまた少しドキドキした。

次にカバンから取り出したのが、眉マスカラ。

「眉マスカラは色選びがポイントです。髪の色よりワントーン明るい色を使う人が多いけど、オフィスでは髪と同じ色を選んだ方がコンサバに見えます。今日はリキッドアイブロウと同じグレーを使っときます」

ほんのわずかな手直しで、保奈美の顔の印象が驚くほど変わった。

今までも〝できる女〟風ではあったが、雑誌などで紹介されている流行のメイクをそのままトレースしていただけなので、よく言えばテッパン、悪く言えばありきたりな仕上がりになっていた。

それが今は凛（りん）とした装いがプラスされ、より垢抜（あかぬ）けたように見える。

「ウチを出てけるなら、もうダイエットはおしまいってことですよね？」

「そうだね」

「よかった。それ以上痩せたら、がしゃどくろだ」

がしゃどくろは、骸骨の妖怪だ。イケメン毒舌料理研究家ならぬ、イケメン毒舌ヘアメイクアーティストの言葉はキツい。

奏はじっと保奈美を見つめて少し考えてから、仕上げにピンクのチークを丸く刷いた。

「ピンクは膨張色なんで」

それだけ言って、さっさとメイク道具を片付けてしまう。

「ねぇ、奏くん、あたしキレイ？」

「口裂け女ですか、自分で鏡見て」

奏が鏡を渡そうとするのを、保奈美は両手を振って断った。

「いい。なんか見たら、せっかく奏くんがかけてくれた魔法が解けちゃいそう」

「魔法じゃないし」

「勝負メイクは魔法だよ」

「保奈美さんもメルヘン女子なんですか？」

芽衣と保奈美を交互に見やり、奏が薄いくちびるを割って笑った。

「あぁっと、急がないと。アイツ、十四時半に来店なんだって」

「いってらっしゃい」

と、奏が手を振るので、

「いってらっしゃい」

と、芽衣も手を振った。

休みの日にどうして急に仕事に出るのか、〝アイツ〟が誰なのか、いろいろと訊きたいことはあるけれど、芽衣がいま焼くべき必要なお節介は、保奈美の背中を押すことだと判断した。

「ありがと、いってきます！」

保奈美は振り返らずに、表通りへと駆け出して行った。

その後ろ姿が上り坂の先に消えて見えなくなるまで、芽衣と奏は門柱脇に立って手を振り続けた。

前庭の植木鉢を見れば、昨日まではまだ色づいていなかった南天が、真っ赤な果実を実らせていた。

◇

午後十四時十三分。

営業所に着いた保奈美は支店長にあいさつをして、急ぎ制服に着替えた。

身支度は髪をバレッタでまとめて、あぶらとり紙でTゾーンをさっと押さえるだけで、おしまい。メイク直しはしない。

勝負メイクの魔法がかかっているんだもん。

「初めてだよね、奏くんがシェアメイトのメイクに口出ししてきたのって」

それとも、るりっちには口出ししていたんだろうか？

あるいは、あたしが醜いから……魔法をかけてくれた？

「あー、保奈美センパーイ！」

フロアに出ると、すぐに里衣紗が駆け寄ってきた。

今日は平日ということもあり、営業所内に客の姿はなかった。

「お休みの日なのに、わざわざスミマセーン！」

「大丈夫。里衣紗、連絡ありがとね」

「だってー、前にセンパイ言ってたじゃないですかー。あのお客さんと保奈美センパイってー、お知り合いなんですよねー？　契約のときにー、更新もセンパイが対応したいって言ってたの覚えてたんでー」

「うん、そうなんだよね」

「お客さんもー、『今日は曽根さんいますか』って電話で言ってたんでー」

「了解、あとは任せて」

保奈美がスチール書庫から賃貸借契約書のファイルを取り出して接客窓口につくと、まるで見ていたかのようなグッドタイミングで営業所の扉が開いた。

「いらっしゃいませ」

保奈美は立ち上がり、笑顔でアイツを出迎えた。

「あ、どうも。先ほど電話をしたんですが」

「はい、都並（つなみ）さま、お待ちしておりました。どうぞ、こちらへ」

アイツは、見るからに高級そうなスリーピーススーツ姿だった。ここのところのトレンドとなっている、英国調クラシカルというヤツだ。

相変わらず、オシャレなこと。胸のハンカチーフからネクタイ、カフス、靴、バッグ、どれを取っても育ちのよさがにじみ出ている。

「お久しぶりです、都並さま」

「久しぶり……でもないいんじゃない？　前にここで保奈美と運命の再会をしてから、まだ二年経ってないいんだけど」

「そうですね。都並さまに東池袋のタワーマンションをご契約いただいたのが、確か……、あぁ、去年の三月でしたね」

何が、運命の再会だ。その日のことはとてもよく覚えていたけれど、保奈美は手もとの賃貸借契約書をめくりながら、努めて事務的に対応した。

都並大貴は、かつて自然消滅した保奈美の元カレだ。

外資系保険会社のライフプランナーをしている大貴とは、異業種交流会という名目のランチ会で出会った。要するに、昼コンだ。

二十四のときに出会い、保奈美は大貴と結婚するつもりだった。

それが気づいたら、ふたりの仲は終わっていた。根拠のない自信に足を掬われ、仕事を優先させてプライベートを切り捨てていた自分がいけなかったのだろう。

大貴が離れていったことでブラック企業を辞める決心がついたのだから、当時はこの別れに感謝さえしたものだ。

ところが、だ。

旅行代理店を辞めたのち、半年ほど遊ぶだけ遊んで過ごしたら、また仕事がしたくなった。今度こそ、やればやっただけ報われるホワイト企業を探したつもりだ。

それが、今の不動産会社なのである。

そこで、まさかの運命のイタズラ。

ちょうど三カ月の研修期間が過ぎたころ、偶然にも大貴が営業所に来店したのだ。美人ではないけれど気立てのよさそうな婚約者を連れて。

「都並さま、まだ更新月には早いですけれど、今日はいかがなさいましたか？　ご紹介した物件に、何か不具合でもございましたでしょうか？」

「あー、いや、そうじゃないんだけどさ。なんか急に保奈美に会いたくなったって言ったら、どうする？」

「ふふ。そんな風に思っていただけたのなら、光栄です」

出た、出た、このズルイ言い方。

『会いたくなった』と言い切らないのは、こちらの反応次第で、『なーんてね』と続けて冗談にしてしまうつもりでいるのだ。

大貴はいつも、逃げ道を用意した会話をする。自分のことが大好きなので、自意識やプライドが傷つくようなことがあってはならないのだ。

付き合っていたころも、『今夜なら会えるよ』だとか、『オレに会いたくないの？』だとか、自分から話は振るけれど、行動には出ない。こちらがアクションを起こすのを待っている節があった。

運命（のイタズラ）の再会を果たした夜、保奈美は大貴のスマホに電話をかけた。着信拒否されているかもしれないと思ったが、大貴はワンコールで電話に出た。

復縁をねだるつもりも、責めるつもりもない。

『オレたちの関係？』

未練もない。ただ、自然消滅というあやふやなことではなく、別れの確認をしておきたかった。それだけなのに、

『オレ、保奈美と付き合ってたつもりはないよ』

耳を疑った。

『だって、オレ、保奈美に付き合ってくれって言ったことないよね?』

好きだ、愛してる、とは何度も言われたけど。

付き合って、とは、確かに言われた覚えはなかった。

あたしだけが〝付き合っている〟と思い込んでいた。またいつもの根拠のない自信、自分に都合のいい解釈をしていただけ。

でも、デートもするし、お泊まりもすれば、それって付き合ってるってことだと誰だって思うでしょうよ!

最初から、大貴は逃げ道を用意した状態で、あたしの前に現れたんだ。

再会は、本当に偶然だった。大貴は保奈美が転職したことを知らず、まさか不動産会社にいるとは思わずに来店したようだった。

物件契約時に、美人ではないけれど気立てのよさそうな婚約者が幸せそうな顔で話してくれた恋バナが忘れられない。

『わたしたち、大学のサークル活動で知り合って、卒業後に付き合うことになったんですけど、最近までわたしが地方勤務していたので遠距離恋愛だったんです』

『遠距離……、そうでしたか』

『でも、これで一気に結婚に向かって動き出せそうなんです』

『ご結婚されるのですね、おめでとうございます』

『ありがとうございます。大貴さんは、わたしの好きな部屋を決めてくれればいいって言うんですけど、でも、新居はやっぱりふたりで決めたいから』

『そうですね。そうしましたら、こちらの物件はいかがでしょう？　キッチンがアイランド型なので、おふたりでお料理をしたり、ホームパーティーを開くこともできて、新婚さんにぴったりですよ』

大貴にとって保奈美は、本命彼女が地方勤務している間だけの、都合のいい女だったというわけだ。ベタベタしない、仕事とわたしどっちが大事なのなんて面倒なことは一切言わない、会いたいときに会って、やることやれる女。

保奈美がそのときのことを思い出して奥歯を嚙みしめていると、大貴がぐっとデスクに身を乗り出してきた。

オリエンタルな、懐かしいフレグランスの香りがした。

「保奈美は、いつもキレイにしてるよな」

「ありがとうございます」

賃貸借契約書のファイルの上にそろえた保奈美の手を、大貴が指先でそっと撫でる。

「女はやっぱ、こうでないとな」

「奥さまだって、おきれいじゃないですか」

保奈美は淡い期待に高鳴る鼓動をなんとか鎮めて、大貴の指先を撫で返した。

そうした駆け引きの途中で、お茶を手にした美夕が近づく気配がしたので、どちらからともなくパッと手を引っ込めた。

環境音楽が流れる営業所内はとても静かだが、大通りに面した雑居ビルの二階にあるため、窓の外からは時おり、車のクラクションやパトカーのサイレン音が聞こえていた。

里衣紗や美夕をはじめ、所員全員が自分と大貴の会話に聞き耳を立てているようで、少しばかり緊張する。

「お茶、どうぞ召しあがってください。あぁ、都並さまは冷たいドリンクの方がよかったですか?　猫舌ですものね?」

「はは、覚えてくれてるんだな」

「記憶力はいい方なので」

言い方を変えれば、執念深いので、ということ。

保奈美は一年と八カ月前に大貴と再会した直後に、えのき荘に入居した。

えのき荘は不動産会社を通さず、大家との直接面談で入居の可否が決まる。当時はまだ健在だったおばあちゃん大家さんによる面談で、悪縁を切りたい人限定のシェアハウスというのが、自分にはぴったりの物件だと思った。

それからずっと、保奈美は縁切り榎に悪縁を切る願掛けをして、待っていた。

「保奈美、実はさ……」

大貴が短い前髪を指先でいじりながら、小声になる。

「……タワーマンションを解約したいんだ」

「来年の三月にですか？」

「いや、できれば今すぐ」

「中途解約ということでしょうか？　解約には予告期間というのがございまして、一カ月前までにご連絡していただくことになっていますが」

「じゃ、一カ月後に解約したい」

今が十一月末なので、解約が成立するのは十二月末。年末年始にぶつかるので、明け渡しは年明け早々ということになるだろうか。

賃貸物件が大きく動くのは、春と秋だ。新生活に合わせて引っ越しを検討する人が多いからで、その時期になるとテレビでも不動産会社や引っ越し業者、白物家電などのＣＭが目立つようになる。

こうした引っ越しラッシュの狭間であり、世の中が慌ただしい年末年始は、世間的にはほとんど物件が動かない時期だった。

それなのに、大貴はどうして解約を急ぐのだろう？

保奈美はいろいろと問い質したいのをこらえて、営業スマイルを浮かべた。

ここでまた、自分に都合のいい解釈で浮かれてしまっては元も子もない。

「では、契約時にもお話したことの再度の確認になりますが、まず礼金は戻りません。敷金はお部屋の状態を確認して、原状回復やクリーニングにかかる費用を相殺してのご返金になります」

「いいよ、金がかかる分には構わない」

お金をかけてまで、解約したい理由って。

「でさ、次の部屋を探してほしいんだ」

「次の……お部屋？」

「今度はキッチンがどうとか、ベランダにスロップシンクがあるとかないとか、どうでもいいよ。広くなくてもいい。ただ、ランクは今のとこと同じくらいのハイクラスなマンションにして。あぁ、そうだな、ウォークインクローゼットはあった方がいい」

「前回は、ファミリータイプの物件をお探しでしたよね」

「今度はシングルタイプで」

保奈美がぴたっと動きを止めると、大貴が首をすくめた。

「離婚することになった」

「離婚……」

「アイツさ、先に帰った方が晩メシの用意をするだとか、家事の分担の決めごとだとか、細かい自分ルールをオレに強要してくるんだよ。マジ面倒臭い女」

いやいや、家事の分担はイマドキ当たり前だ。子どもが生まれれば、夫にはさらに積極的に家事に参加してもらわないと困る。

一年と八カ月前は、あんなに幸せそうな顔をしていたくせに。

結婚は蜂蜜じゃない、甘くなんかない。

「保奈美は、オレを縛ったりなんかしないよな？」

また、大貴に手の甲を撫でられた。

「オレ、今夜なら空いてるんだけど、久しぶりに鍋とか食べたくない？　保奈美、スンドゥブ好きだっただろ？」

夢みたい。ずっと、この日を待っていた。

いつ大貴が来店してもいいように、キレイなあたしを見てもらえるように、水面下で足掻き続けた。一年と八カ月前のあたしはベスト体重より三キロも太っていたから、えのき荘に入って一念発起した。

たかが三キロと思うなかれ。あのときの惨めなあたしには、その三キロを支える女子力がなかった。

「前にふたりでよく行った店、予約しとく？」

大貴が脂下がった顔を寄せてきた。

ダメだ、笑い転げそう。

「あのね、大貴」

「おう？」

「あたしね、誰かのお下がりになんて興味がないの」

「なっ……！」

やっと、この台詞を言うときがきた。

何度も、何度も、一度は破り捨てた写真に向かって練習した。

「さよなら」

言ってやった。

見返してやった。

この女なら、絶対に誘いに乗ってくるだろうと思ってた？

絶対なんて、絶対にないんだから。

バカにすんな、ザマアミロ。

◇

十二月に入り、東京もぐっと冷え込む日が多くなった。

冷たい北風に吹かれるたびに、前庭の植木鉢の南天がどんどん赤く色づいていった。

芽衣の生まれの会津（あいづ）では、もうとっくに雪の便りが聞かれるころだろう。

午前十一時四十五分。

「ヒデヨシさん、お庭でブラッシングしようか」

午前中の仕事がひと段落ついたので声をかけてみたけれど、ヒデヨシは居間のブルブルマシンの横で寝そべったまま、動こうとしなかった。

「ヒデヨシさん」

「クーン」

「下宿人さんが出て行っちゃうとさびしいよね、わたしもさびしいもん」

「クーン」

先日、保奈美が引っ越して行ったため、えのき荘の下宿人はふたりになってしまった。えのき荘にさよならするということは、新たな人生の門出を迎えるということなのだから、喜ばしい出来事なのだ。

さびしいなんて思ってはいけない。

そう頭ではわかっていても、保奈美は芽衣が管理人になってはじめて見送った下宿人なので、やはりちょっぴり心がスウスウした。

保奈美がえのき荘を出て行く前の晩に、送別会があった。そこで保奈美は、今までずっと〝アイツ〟こと元カレを見返してやりたかったこと、とうとうギャフンと言わせてやったことを、シェアメイトたちにはじめて打ち明けたのだった。

その顔は憑き物が落ちたようにとてもすっきりしていて、芽衣はお祝いと餞別を兼ねて、お赤飯を振る舞った。

これまでの保奈美なら、夜は糖質ゼロ・プリン体ゼロの発泡酒しか口にしなかったのに、送別会では、おいしい、おいしい、と笑顔でたくさんお赤飯を食べてくれた。そのあとに、トイレで吐いてもいなかった。

ダイエット依存の悪縁を、見事に断ち切ったのだ。

ここからは縁切り榎が、きっと保奈美に良縁をもたらしてくれるはず。

「次は、どんな下宿人さんが来るんだろうね」

芽衣はしょんぼりしているヒデヨシの頭を撫でてから、自分の部屋へ向かった。

ブルブルマシンはノブナガとヒデヨシのお気に入りの寝床だったので、保奈美がえのき荘に残してくれた置き土産だった。

それともうひとつ、保奈美はスタンガンも残していってくれた。芽衣は管理人なので下宿人ではないが、今のえのき荘では女性はひとりになってしまっていた。

「わたしもみなさんを信じてるから、使うことはないと思いますよ」

保奈美に語りかけるようにつぶやいて、芽衣は自室のローテーブルの上に出しっぱなしにしてあったスタンガンをタンスのひきだしにしまった。

窓辺では、いつものようにノブナガが昼寝をしていた。まだ西日が当たる時間ではないけれど、冬のやわらかな日差しの下で見るノブナガの黒い毛皮は、ビロードのように美しかった。

「ノブナガさん、ブラッシングしませんか?」

声をかけたけれど、無視された。

寝ているところを無理に起こすのもかわいそうなので、あきらめて座椅子(ざいす)に座り込もうとしたとき、窓の外の庭からもくもくと白い煙があがるのが見えた。

「えっ、火事!?」

ふだんなら昼まで寝ている涼太が今日に限って朝から出かけているので、えのき荘には今、芽衣しかいなかった。

「大変、わたしがなんとかしないと!」

消火器は確か……、

「台所！」

いや、でも、庭には水やり用の水道がある。

いつもは玄関か台所の勝手口からサンダル履きで庭に出るのだが、今は廊下を走る時間が惜しいので、芽衣は居間の掃き出し窓を開けて濡れ縁から庭に飛び出した。

力いっぱい水道の蛇口をひねり、水圧で暴れるホースを小脇に抱えるようにして、靴下のままで煙のもとへ。

煙は、沈丁花の低木の向こうから立ち昇っていた。

「火のよーじん！」

芽衣は煙に向かって、ホースからほとばしる水をぶちまけた。

「うっわ！」

「えっ？」

「ナニすんだよ、お嬢！」

「ええっ、大家さん!?」

沈丁花の低木の向こうに、なんと第六天魔王がしゃがみ込んでいた。

「なんでいるんですか!?」

「だから、ここ、オレんチだし」

「それはそうなんですけど、お仕事は？」

「夜に一本入ってるだけだから、夕方までオフ。って、今朝言ったじゃねーか」

「あー、そういえば聞きました……ね」

いつも忙しくしている売れっ子ヘアメイクアーティストなので、芽衣は大家不在が当たり前のように思っていた。

「すみません、てっきり火事なのかと思って」

「さみー、この時期に水浴びとかありえねー」

奏が女の人みたいに細い指で、紺のケーブルニットをはたいた。ざっくりしたニットを一枚着ているだけなのに、抜群にサマになっている。

ニュアンスパーマのかかっている栗色の髪からも、ポタポタと滴が流れ落ちていた。

文字どおり、水も滴るいい男。

「オレが風邪ひいたら、お前の給料カットだかんな」

ただし、目つきと愛想と性格が悪い。

ヤンキー座りですごんでいるので、より迫力があった。

「ックション！」

「すみません！　今、タオルを持ってきます！」

「いい。火に当たる」

「火にって……」

奏の足もとには、使い古された一斗缶が置いてあった。

中には炎が見え、火事に見えた白い煙はここから出ていた。

とりあえず、芽衣は水道の蛇口を閉めてホースを片付けたのち、庭に干してあったフェイスタオルを手に急いで奏のもとへ戻った。

「大家さん、どうぞ。今朝の洗濯物なので、まだ乾いていませんけれども」

「余計にさみーわ」

そう言いながらも、奏はフェイスタオルを受け取ってくれた。実はそれ、トイレで使っている手拭き用のタオルなんですけれども、言わないでおきますね。

奏がフェイスタオルで軽く髪を拭(ぬぐ)ってから、両手を一斗缶にかざした。

「あの、大家さん、その火って何をしているんですか？」

「見てわかんねーの？」

親の目を盗んで庭の隅っこでタバコをふかしているドラ息子の図、というわけではなさそうなので。

「えーっと、自家製の燻製作り……とか？」

芽衣がくんくんと鼻を鳴らすと、奏が棒読みに教えてくれる。

「ベーコンやソーセージ、チーズみたいなクセのある食材で燻製を作るときは、桜のスモークウッドがいい香り付けになる」

「おいしそうですね！」

「逆に鶏肉や白身魚、ホタテあたりの淡泊な食材のときは、ほんのり甘みのあるリンゴのスモークウッドを使うと仕上がりがいい」

「それもおいしそうですね！」

「けど、これ、燻製じゃねーし」

「えっ、そうなんですか？　じゃあ、落ち葉で焼き芋ですか？」

「なんで食いモンばっかかなんだよ」

「だって、大家さんは料理男子だから」

「お嬢って大食い女子なの？」

奏が体形を確認するように目をすがめたので、芽衣は身をよじって否定した。

「大食いでも小食でもなく、ふつうです。それに、お嬢って呼ぶのやめてください」

「なんで？」

「わたしは、お嬢なんかじゃありませんから」

「なら、姫にする？」

「なんで!?」

「あぁ、姫だと涼太んとことカブるか。やっぱ、お嬢はお嬢だな。ファビュラス感出してこーぜ」

「なんのためのファビュラス感ですか!?」

と、大声を出したら煙が喉に張りついた。

「ケホッ」

「あぁもう、どんくせーな」

ヤンキー座りのまま、奏が長い腕を伸ばして芽衣の手首を引っ張った。

「わっ」

「目障りなんだよ」

そう言って、芽衣を自分の背中側に押しやった。

言葉と態度は乱暴だったけれど、奏が身体を張って煙を遮ってくれているのだとわかり、芽衣はワケもなくドキドキした。

「それで、あの……、つまるところ大家さんは何をしているんでしょう？」

黙っているとドキドキを気取られてしまいそうだったので、芽衣は早口に訊いた。

「お焚きあげ」

「お焚きあげ？」

「保奈美さんが縁切り榎に奉納した絵馬、焼いてる」

「えっ、でも、大家さんって神職では……」

「ねーし」

「……ですよね。絵馬って、勝手に焼いてもいいんですか？」

「縁切り榎に奉納された絵馬は、時期が来たら、全部まとめて近くの産土神社でお焚きあげしてもらってるんだけど、えのき荘のシェアメイトたちは毎月奉納してるから、数が多いんだよ」

「毎月……」

「家賃の支払い日に、絵馬も新しくする。別に決めごとってわけじゃねーけど、いつのころからか、みんなが自主的にやり出したんだよな」

来月こそは悪縁が切れますようにと、みんな真剣なのだ。

「一応、オレ、大家だからな。みんなの悪縁が切れるのを見届けるだけじゃなくて、ちゃんと闇の片棒担いでおきたいっていうか」

「闇の片棒……」

「最後の絵馬は、オレが自主的にお焚きあげすることにしてんだよ」

言われてよく見てみると、一斗缶の周囲には清め塩が置いてあった。

えのき荘は、縁切り榎の名前を拝借しているだけじゃない。大家と下宿人が一丸となって、悪縁に立ち向かっているのだ。

「そうだったんですね、ご苦労さまです。大家さんが下宿人のみなさんに慕われている理由が……、少しわかった気がします」

「なんだ、そりゃ」

「すみません、差し出口でした」

「下宿人じゃねーよ、シェアメイトだよ」

「ツッコむところ、そこですか！」

「大声出すな、またむせるぞ」

「あ……」

芽衣は口もとを押さえて、そそっと奏の背中に隠れた。

ヤンキー座りをしていても、奏の背中が広いことはよくわかる。これがシェアメイトの人生を背負っている背中なんだと、芽衣は思った。

「大家さん」

「ああ？」

「保奈美さん、えのき荘にさよならすることができてよかったですね」

「家賃収入が減っちまったな」

「守銭奴（しゅせんど）ですか」

「ああ？」

「すみません、今のは心の声です」

「丸聞こえなんだよ」

「お部屋は空いてしまっても、それでも、保奈美さんがダイエット依存から立ち直れたのなら、わたしはうれしいです」

一斗缶から立ち昇る煙を見つめて、芽衣はしみじみとつぶやいた。

一拍おいて、返ってきたのは思いがけない言葉だった。

「違う」

「え？」

「保奈美さんの切りたかった悪縁は、ダイエット依存じゃねーし」

「えっ、そうなんですか？　でも、毎朝食べたものを吐いてたし、夜は糖質ゼロ・プリン体ゼロの発泡酒しか口にしないし」

「キレイでいたいっていう強い願いではあったけど、切りたい悪縁はそこだったわけじゃねーんだよ。女心は、もっと複雑怪奇なんだよ」

「女心……？」

芽衣だってオンナだ。女子力は低くても、女心がどういうものかは、わかっているつもりだけれども。

「保奈美さん、よく言ってただろ。白鳥は見えないところで必死に足掻いてるって。だから、自分も見えないところで努力するんだって」

酔うと、いつも言っていた。

自分を白鳥だと思っている、と。美に対する意識の高い白鳥なのだと。

「けど、あれ、間違った通説だからな。白鳥は水面下でも優雅なんだよ」

「そうなんですか？」

「保奈美さんは水面下で足掻かなくても、そのままで十分に魅力的な女性だ」

「わたしも、そう思います。顔かたちやスタイルだけでなくて、いろんなお話をしてくれるときの表情もキラキラしていました」

「だからこそ、怖かったんだろうな。自分が闇堕ちしていくようで」

「闇堕ち……？」

奏が風で流れてきた煙を手で払って、言い切った。

「至極単純、よくある話。保奈美さんの切りたかった悪縁って、元カレと奥さんの男女の縁だったんだよ」

「男女の……縁？」

最初、芽衣は奏が何を言っているのかわからなかった。

まばたきを繰り返すうちにじわじわと闇堕ちの意味がわかり、すべてを理解するのと北風が襟首を撫でてゆくのがほぼ同時で、芽衣はぶるりと震えあがった。

「それって、離婚を……」

縁切り榎には、不倫相手の離婚を願う絵馬や、略奪愛の成就を願う絵馬が、実際に数えきれないほど奉納されている。恨みの言葉や、呪いの言葉が、小さな文字で絵馬にびっしり綴られていることもあり、男女の縁にまつわる闇は深いのだと思い知らされる。

「……元カレさんと奥さんの離婚を、願っていたということですか？」

「そして、そのとおりになった」

「でも、保奈美さん、元カレさんを見返してやりたかったって言ってたじゃないですか。それって、キレイな自分を見せつけて、元カレさんに自分をフッたことを後悔させてやりたかったからなんじゃないいんですか」

「キレイな自分を見せつけたかったってのは、それはそうだと思う」

「そうですよね。そのために、もっともっとキレイになりたくて、ダイエット依存になっていったわけで」

「お嬢は、やられて『ギャフン』って言うヤツ、見たことある？」

「いえ、ないですけれども」

「保奈美さんは、キレイな自分のところへ、おめおめと離婚の報告に来る元カレを見たかったんだよ」

「おめおめと離婚の……」

「元カレがおめおめと復縁を匂わせて来る日を、ずっと待ってたんだよ」

「おめおめと復縁を……」

ギャフンより、『おめおめ』の方がよっぽどパワーワード。

「で、してやったり。保奈美さんは、まんまと元カレをフリ返すことに成功した」

奥さんから略奪するつもりも、よりを戻すつもりも毛頭ない。

ただただ、元カレの負け犬姿を見たかっただけ。

「な、女心って複雑怪奇だろ」

「そう……ですね、愛と憎しみは表裏一体……ですからね」

「へー、お嬢のくせに生意気なこと言うじゃねーの」

奏にからかわれて、芽衣はあいまいに笑い返した。

男女間のことではないけれど、生きていく上で愛と憎しみの感情がどれだけ厄介なものか、知らない芽衣じゃなかった。

奏がまた、神妙な声になった。

「保奈美さん、心ん中でそんな醜いことを願ってる自分は、見目も醜いんじゃないかって不安に駆られてた。だから、必死に外見を磨くよう足掻いてた」

「それが、過度なダイエットになっていったんですね」

「そういうことだな」

足掻けば足掻くほど、堕ちてゆくとも知らずに。

「大家さんは、最初から知ってたんですか？　保奈美さんはダイエット依存ではなく、男女の悪縁を切りたがってたんだって」

「や、オレも気づいてなかった。ばーちゃんから、保奈美さんはダイエット依存から抜け出したいんだって聞いてたから」

「おばあちゃん大家さんが、保奈美さんを面談したんですものね」

「ばーちゃんは、たぶん、ハナから保奈美さんの闇を見抜いてたんだろうな。何十年も、このえのき荘で心の闇に向き合ってきた人だから。オレなんか、ばーちゃんの足もとにも及ばねーよ」

だから、自主的にお焚きあげをして、闇の片棒を担ごうとしているのだろうか。

シェアメイトが自分の本当の闇に気づかず、闇堕ちしていく。

それは、とても怖いことだから。

糖質ゼロ・プリン体ゼロの発泡酒を愛飲していた保奈美は、身体だけでなく心に必要なカロリーまでも失くしつつあったのかもしれない。

「大家さんは第六天魔王として、人知れず、みなさんの闇と戦ってたんですね」

「誰が第六天魔王だって?」

「そういえば、大家さん、保奈美さんが出て行くときに何か渡してましたよね?」

「ユーグレナひと箱一カ月分、オレからの餞別」

出た、ミドリムシのドリンク。

「健康オタクの人って、自分がいいと思ったものをゴリ押ししがちですよね」

「ああ?」

「あの、でも、そんな箱のものじゃなくて、わたしが見たのは白い封筒だったように思うんですけど、何か渡してましたよね?」

芽衣が重ねて訊いたときには奏はもう立ち上がっていて、横に並べて置いてあったバケツの水を一斗缶の中に勢いよく流し込んでいた。

「何？　聞こえなかった、なんか言った？」

「あ……、いえ」

絵馬は真っ黒な炭になっていた。

奏が姿勢を正してかしわ手を打ったので、芽衣も背筋を伸ばして両手を合わせた。

ちらり、と芽衣は奏の左右対称顔をうかがった。

人の顔は、たいてい左右で非対称だ。鏡でじっと見てみると、芽衣も目や眉の位置、口角の高さなどが微妙にアシンメトリーになっている。

左右対称であることはキセキなのだと、保奈美が言っていた。

そのキセキの左右対称顔に、泣きぼくろがひとつ。

泣きぼくろのある人は涙もろいと聞いたことがあるけれども、大家さんも下宿人が出て行って、さびしく感じたりすることがあるんですか？

「お嬢、昼メシ食いに行くか」

「おごってくれるんですか？」

「給料から天引きしとく」

「守銭奴」

「だからそれ、聞こえてっから」

「今のは、聞こえるように言いました」

「つかさ、お前、なんで靴下なの?」

　奏に足を指さされて、芽衣はサンダルを履いていないことを思い出した。

「あっ、火事なのかと思って慌てて飛び出したので」

「バカか。火事なんだったら、なおのこと、靴を履いて外に出ろ。火事や地震のとき、足の裏をケガしたら逃げらんねーだろうが」

「心配してくれてるんですか？」

「焼け跡から焼死体出して、ここ事故物件にしてーのかよ」

「そうですよね……、気をつけます」

「泥の付いた靴下で家んなか入んなよ」

奏が言ったそばから、ノブナガがしっぽを立てて庭を横切り、泥の付いた肉球で濡れ縁から居間へ入り込んでいった。

「あっ、掃き出し窓開けっぱなしでした！」

芽衣の声に、ノブナガが振り返った。

「ニャア」

「いい、ノブナガは許す」

「ニャア」

濡れ縁には、点々と梅の花が咲いていた。

「あぁ……。濡れ縁と居間、拭いておかないと」

「その前に、昼メシだろ」

湿ったフェイスタオルを芽衣に投げつけて、奏が颯爽と歩き出す。

「五分後に玄関口に集合な」

「ごちそうになります」

「おごるとは言ってねーし」

ふふ、と芽衣は笑って。

今日はカロリーなんて気にせずに、牛丼つゆだくが食べたいと思った。

涼城ホタル

えのき荘の前の表通りは旧街道であり、駅前からだらだらと続く下り坂だった。

歩いているときはこの道が下っているとは気づかないのだけれど、立ち止まって振り返ってみると、駅へ向かってやんわりと上り坂になっている光景をのぞむことができた。

この表通りに面して、猫の額ほどの前庭と、ピンコロ石を敷いた玄関口があった。前庭には、南天が植わる大きな植木鉢が置かれていた。

玄関口の方角は北東で、ガラガラと音が鳴る引き戸を開けると、廊下が見える。

この廊下の右手西側が管理人室であり、芽衣の部屋となる六畳間があった。

その奥は、南に向かって約十八畳の縦長鉤の字のLD空間になっていた。

Lはリビング、シェアハウス用語だとラウンジ、芽衣に言わせれば居間。Dはダイニング、食堂のことで、居間から左に鉤の字に折れたところ、廊下から見て突き当たりにある部分に位置した。

その東に、台所。ここから表通りへ向かって、納戸、二階へ続く折り返し階段、お風呂にトイレ、洗面所、洗濯機置き場などの水回りが配置されていた。

えのき荘の下宿人たちの部屋は、折り返し階段をのぼった二階にあった。

二階も一階同様に、真ん中に廊下があった。

まず、芽衣の部屋の真上が、奏の部屋となっていた。大家の特権で、一番ゆったりとした間取りだった。

奏の部屋の向かいが二〇一号室、元・保奈美の部屋。

階段を挟んで台所の上が二〇二号室、元・るりっちの部屋。

食堂の上が二〇三号室、浪人生のタマちゃんの部屋。

居間の上が二〇四号室、ホストの涼太の部屋。

この下宿人たちの四部屋は、それぞれにバス・トイレ付きだ。今どき、風呂なし・トイレ共同の下宿屋は流行らないので、五年前にリノベーションしたときに部屋数を減らして三点ユニットバスを導入した。

下宿人たちは基本的には自室のバス・トイレを使うことになっているが、保奈美（と、るりっち）がいたころは、

『オンナはバスタイムって大事なデトックスの時間だもんね』

という理由から、女性陣には一階のお風呂を開放していた。

庭はさほど奥行きはないが、芽衣の部屋からLD空間に沿って長く広がっていて、柿の木、沈丁花などが植えられていた。

そして、えのき荘の東隣に縁切り榎があった。

悪縁を切って、良縁を結ぶ。

知る人ぞ知る、パワースポット。

午前七時二十五分。

「葉っぱが、ずいぶん落ちましたね」

芽衣はご神木に話しかけながら、縁切り榎のお社まわりに降り積もった落ち葉を竹ぼうきで掃き集める。

「いつも、えのき荘のみなさんを見守ってくれてありがとうございます」

集めた落ち葉は燃えるゴミの日に集積所に出すこともできるが、ご神木の葉をゴミ扱いするのは忍びないので、コンテナに貯めて定期的にリサイクル業者に回収してもらうようにしていた。

この落ち葉のリサイクルは、おばあちゃん大家さんのときからのやり方らしい。

芽衣の故郷の会津でも、この時期はいつも農家が落ち葉を集めていた。落ち葉は腐葉土や堆肥になる、立派な資源なのだ。

「よしっと」

芽衣が塵(ちり)取りで掬(すく)い上げた落ち葉をコンテナに放り込もうとすると、

「ニャア」

と、どこからか、くぐもった声が聞こえた。

「ん？」

「ニャア」

「ノブナガさん？」

よくよく見れば、コンテナ内の落ち葉の中で金色の目が光っていた。前回の回収から五日ほど経(た)っているので、ちょうど羽二重(はぶたえ)布団並みに落ち葉が貯まっていた。

「またそんなところにいて、落ち葉はあったかいですか？」

「ニャア」

「落ち葉もいいですけれども、わたしの部屋におこたを出しましたから。そっちの方があったかいですよ」

「ニャア」

おこた、の意味がわかるのか、ペイズリー柄の赤いバンダナスカーフを巻いた黒猫は勢いよくコンテナから飛び出すと、一目散にえのき荘に消えて行った。

「あらあら、ゲンキンなこと」

えのき荘の絶対女王のノブナガは、とにかく気ままだ。好きなところで寝て、好きなところで食べて、また好きなところで寝る。

「ノブナガさんみたいに生きられたら、人生楽しいんだろうな」

猫には、世間体もしがらみもない。

あるのは、我が道のみ。

「んー、ノブナガがどーしたってー?」

「えっ」

背後からかけられた声にびっくりして振り返ると、えのき荘の前に駐車したタクシーから、下宿人の涼太が気だるげに降りてくるところだった。

茶髪のスジ盛りヘアに、テカテカした黒い細身のスーツ。ラインストーン付きの細ネクタイ。ピカピカに磨かれた先のとがった革靴。

耳に並んだピアスが、朝日を受けてキラキラと輝いていた。

「はよー、管理人さん」

「おはようございます、涼太さん」

顔が土色ですよ、とか、お酒くさっ、とか、スーツの襟もとにファンデーション付いてるんですけれども、とかとか、芽衣から見てツッコミどころが満載ではあったけれど、まずはえのき荘の基本の〝き〟である、あいさつを交わす。

「おかえりなさい、涼太さん」

「ただいま、管理人さん」

表通りでは、パリッと身だしなみを整えたサラリーマンや学生が、駅へ向かって通勤通学の足を速めていた。そういう時間だった。

芽衣は遠慮がちに、涼太の土色の顔を見上げた。

「あの、涼太さん、いろいろと大丈夫ですか？」

「ダイジョブ、ダイジョブ。ラスソン歌えて気持ちよくなっちゃってさ、アフターでちょこーっと盛り上がり過ぎちゃった」

「ラスソン？」

「ラストソング。閉店前に、その日の売り上げ一位のホストが一曲歌えるんだよね」

「一位、それはすごいですね！　おめでとうございます！」

「あざーっす」

ラスソン、アフター、ちょこっと盛り上がって朝帰り。

涼太の日常は、世間感覚からはいろいろとズレていることが多い。

「はー、朝日がまぶしー。死ぬわー、灰になるわー」

「吸血鬼ですね」

「それなー、吸血鬼って書いてホストって読むんだわー」

「読みませんから」

涼太が手にしていたペットボトルのミネラルウォーターを、ゴクゴクと喉を鳴らして一気飲みした。喉仏(のどぼとけ)が上下に動いていた。

「プハー、うめー」

「ゆうべも、たくさん飲んだんですね」

「たくさん飲めるのはありがたいことなのよ。姫ちゃんたちが、それだけ卸(おろ)してくれてるってことだからさ」

少し眠そうな二重の目で笑う涼太は、かっこかわいいチャラ男(お)だ。

「そうなんですね。涼太さんは売れっ子さんなんですね」

「やー、まだまだだなー。いちおナンバー入ってっけどさ、もっと上行きたいわ」

「ナンバー？」

「月ごとの売り上げで上位のホストには、ナンバーが付くのよ。ナンバー1とか、ナンバー2とか。ちなみにオレ、ナンバー3ね」

「わっ、すごいじゃないですか」

「すごいっしょ？　だけどさ、2と3の間にはたっかい壁があってさ、これがどーしたって越えらんないんだよね。ウチの不動のツートップ、マジすごいんだわ」

いつも少年のような笑顔の涼太が、少しだけ勝気な顔になった。

朝日の下でする会話ではないのだろうが、芽衣は涼太からホストの世界の話を聞くのがイヤではなかった。むしろ、まったく縁のない世界を垣間(かいま)見ることができるので、楽しくもあった。

まぁ、ホストクラブで遊ぶことは一生ないでしょうけれども。

「んで、ノブナガがどうしたって？」

「え？」

「さっき、管理人さんが言ってたじゃん。タクシー降りるときに聞こえた」

「あぁ……、さすがですね」

こういうところ、さすがはナンバー3だ。芽衣が何気なく言った言葉を聞き逃さずに拾ってくれるやさしさは、第六天魔王の大家にはない。

「ノブナガさんみたいに生きられたら、人生楽しいんだろうなって思って」

「ノブナガみたいに？　いちんち中、寝てる人生？」

涼太がノブナガをさがすように、キョロキョロと視線をめぐらせた。

「たぶん、ノブナガさん、今はわたしの部屋のおこただと思います。さっきまでは、コンテナの落ち葉の中で寝てました」

「こたついいなー。オレもノブナガになって、管理人さんのとこのこたつに入りてー」

「ふふ。涼太さんは猫っていうより、犬っぽいですよね」

「お店でもよく言われる、ワンコ系だって」

愛嬌(あいきょう)があって、人懐っこくて、トーク力もある。えのき荘のムードメーカーである涼太は、お店でもきっとそういうポジションなのだろう。

「でも、生き方というか、涼太さんの根っこの部分は猫なのかなって思います」

「うっそ、たとえば？」

「我が道を行くところ……ですかね。誰がなんと言おうと、心のままにやりたいことをやってる感じとか」

「あーね、ホストなんかやってるしね」

「最初はびっくりしましたけれども、ありのままで勝負している涼太さんを、今では尊敬してます」

今だって、表通りを歩く人たちがちらちらと涼太を見ていても、まったく気にする素振りがない。ホストをやりたいから、やっている。朝帰りしたいから、する。自分の心のままに、どんなときも堂々としている。

その自由さが、芽衣にはうらやましかった。

わたしは、しがらみでがんじがらめだから。

「ありのままで勝負したら、オレなんかボッコボコだよ」

「え？」

芽衣が顔を上げると、涼太はいつになく困ったように笑っていた。

その表情にどことなく引っかかるものがあったけれど、褒められて照れているのかな、と芽衣は受け取った。

「管理人さん、この落ち葉、コンテナにぶち込めばいいの？」

「あ、大丈夫です。わたしやりますから」

「いーよ、いーよ、こんなんパッパッだから」

涼太はペットボトルをスーツのポケットに押し込むと、いくつかあった落ち葉の山を効率よくコンテナに放り込んでいった。

「で、このコンテナは庭に運んどけばいい？」

「はい、ありがとうございます」

「いーよ、いーよ、姫ちゃんのためだから」

「わたしは姫では……」

「あ、そっか、お嬢だったっけ」

「いえ、お嬢でも……」

そのとき、えのき荘の玄関の引き戸が、ガラガラッ、と勢いよく内側から開いた。昭和の哀愁(あいしゅう)漂う下宿屋には不釣り合いなクリスマスリースが、左右に大きく揺れていた。

「あっ、涼太さんだ」

出てきたのは、全身黒ずくめの猫背の青年。

「ウェーイ、タマちゃんじゃん！　ひっさしぶり！」

「え、今日って雪とか降ります？　朝なのに涼太さんに会うなんて」

「朝だから会うんだよー、朝帰りなんだよー」

「はぁ、朝帰りなのに元気ですね」

すだれのような前髪が、猫背の青年の顔のおおかたを隠していた。

独特の雰囲気のある座敷わらし、いやいや、浪人生のタマちゃんだった。

「とりあえず、おはようございます。おかえりなさい、涼太さん」

「とりま、はよー！　ただいま、タマちゃん！」

涼太がテンションアゲアゲで片手を上げてハイタッチを求めると、タマちゃんは別段イヤがりもせず、かと言って、テンションを合わせるでもなく、至極淡々と黒のダッフルコートを羽織った腕を持ち上げて応じた。

現在四浪中のタマちゃんは、朝早くから夜遅くまで、池袋の予備校の自習室に缶詰になって勉強する毎日を送っている。吸血鬼のような夜型の生活をしている涼太とは、ひとつ屋根の下に暮らしていても、ほとんど顔を合わす機会はないはずだ。

「タマちゃん、いつもこんな早く出かけてんの？　オレにとってはコレ、ふつうに夢の中の時間なんだけど？」

「早く目が覚めちゃうんで」

「年寄りかよー」

朝からフルスロットルの涼太に、タマちゃんは少しだけ笑ったようだった。すだれのような前髪が邪魔で、表情まではっきりと見て取ることはできなかったけれども。

「あ。オレ、そろそろ。電車の時間あるんで」

「そうだよな、ワリィ。いってらー、タマちゃん」

「いってきます、涼太さん」

続けて、タマちゃんは涼太の後ろにいた芽衣に向き直った。

「いってきます、管理人さん」

「いってらっしゃい、タマちゃん」

タマちゃんが顎を突き出すように小さく頭を下げて、表通りに出た。

「あの」

お勉強、頑張ってくださいね。

黒い大きなリュックを背負う後ろ姿にエールを送りかけて、芽衣は慌てて口をつぐんだ。

えのき荘の管理人には、守るべきルールがふたつある。

『ひとつ、シェアメイトに余計なお節介を焼かないこと。ひとつ、シェアメイトに必要なお節介を焼くこと』

毎日こんなに頑張っているタマちゃんに、改めて『頑張って』と追い打ちをかけることは、明らかに余計なお節介だった。

タマちゃんが足を止めて振り返ったので、芽衣はとっさにガッツポーズを作った。

「あの、気をつけて」

言っていることとポーズが一致していないけれども、ファイト、という気持ちだけは伝えたかった。

やや間があって、タマちゃんが覇気(はき)のないガッツポーズを返してくれた。

「管理人さんも、火傷(やけど)には気をつけて」

「え……、あっ、はい」

ゆっくりと歩き出した猫背の背中は、すぐに通勤通学の人波に消えて行った。

「ナニ？　管理人さん、火傷って？」

「実は今朝、食堂でストーブの上のヤカンに触っちゃって」

「ちょ、大丈夫なの!?」

「はい、あの、ヤカンというか、正しくは湯気に指先が触れただけだったので」

ちょうど、タマちゃんがひとりで朝ごはんを食べているときだった。

湯気に驚いた芽衣が声をあげてしまったので、心配をかけてしまった。

「すぐに冷やしましたし、タマちゃんが薬を塗ってくれたので大丈夫です」

そう言って、芽衣は涼太に絆創膏(ばんそうこう)を貼った右手の人差し指を見せた。

「気をつけなよ、オンナノコなんだから痕(あと)が残ったら大変だって」

「お騒がせして、すみません。タマちゃん、医学部志望だけあって手当てにムダがなかったですよ」

「そりゃそうだ。タマちゃんチ、医者一族だから」

「あっ、そうなんですね」

タマちゃんの悪縁は、とてもわかりやすい。

言わずもがなの、浪人生活だ。

「んじゃ、管理人さん。コンテナ、ここ置いとくよ」

「あっ、はい、ありがとうございます」

「さーて、シャワー浴びてガッツリ寝よー」

「食堂で、大家さんが涼太さんの帰りを待ってますよ」

「ゲッ、朝メシか。食えねー」

えのき荘では、朝ごはんを抜くことは許されない。目つきの悪い給食委員が、眼光鋭く見張っているからだ。

「お腹が空いてちゃ、悪縁に立ち向かえませんよ」

「むしろ今、ハラいっぱいなのよ。酒でガバガバなのよ」

涼太がよろよろと玄関を上がって行くのを見届けてから、芽衣は縁切り榎を見上げて、心の中で願いを込めた。

一日も早く、涼太さんが女癖の悪さ（？）を断ち切れますように。

そして、来年こそ、タマちゃんが医学部と良縁を結べますように。

◇

二〇四号室の下宿人、清城涼太。二十三歳。

職場は新宿歌舞伎町の雑居ビルにあり、職業はホストクラブのプレイヤー。

早い話が、ホストをしていた。

十二月某日、午後八時二十三分。

「いらっしゃいませー、涼城ホタルです。ヨロシクお願いしまーす」

源氏名は、涼城ホタル。

「こういうお店初めて？　じゃー、今夜はオレの名前だけでも覚えて帰ってねー」

スーツにブランドのアクセサリーに、スジ盛りヘア。アルコールを飲んで、飲んで、飲んで、飲みまくる。

こうしたザ・ホストのスタイルは、旧ホスと呼ばれていた。

それに対して、スーツではなく自分の好きな私服で接客し、姫の方もアルコールにこだわらず、ソフトドリンクだけでも楽しむことができるスタイルを、ネオホスと言った。

今の涼太はゴリゴリの旧ホスだが、もともとはネオホスをやっていた。

大学二年のときに、手っ取り早く小遣いを稼ぐために、地元の埼玉は大宮でネオホスのアルバイトを始めた。友だちノリの人懐っこい性格がウケたのか、自分でもびっくりするくらいあっけなくナンバー1になることができた。

そうなると、次はもっと上のステージで勝負してみたいと思うようになった。

「姫ちゃん、名前訊いてもいい？　オレも姫ちゃんの名前覚えておきたいからさー」

アルバイトに上のステージもへったくれもないのだが、とにかくお金が欲しかったし、人としゃべることも、人の話を聞くことも嫌いじゃないので、ホストという職業が自分に合っている気がして、一度は大学を中退しようとした。

それを止めてくれたのが、今いるホストクラブの代表だった。

『せっかく入った大学なんだ、卒業はしとけ。ホストに学歴は関係ない。でもな、あって邪魔になるもんでもない』

そんなふうに言ってくれたのは代表だけだった。その男気にしびれて、この人についていきたいと思った。

ネオホスから旧ホスへ、大宮から歌舞伎町へ。

大学在学中はアルバイトということで便宜をはかってもらっていたので、店にも先輩にも後輩にも迷惑をかけた。きっちり四年で大学を卒業した今は、恩返しのつもりで毎日全力で飲んでいる。じゃなかった、全力で働いている。

「美織ちゃんかー、いい名前だねー。覚えた、覚えた、今夜はありがとう。楽しかったよー、また会おうねー」

涼太がえのき荘に入居したのは、この歌舞伎町の店に移ったときだった。

ちょうど二年前のこと、卒業まであと一年と少しというタイミング。

縁切りができるシェアハウスがあると聞いて、ここしかない、今しかないと思った。

大学を卒業するときに、もうひとつ、〝あること〟からも卒業するために縁切り榎に願掛けをすることにした。結果、まぁ、大学は無事に卒業できたが、〝あること〟からは卒業できないまま、今もまだえのき荘にいた。

もちろん、縁切りをあきらめたわけじゃない。デポジットに百万も払っているのだ。相場の三十三倍の金額だ。

売れっ子ホストの涼太には、

『シャンパン数本分』

ほどでしかない金額だが、えのき荘のシェアメイトたちにとってこれは、それだけ払ってでも悪縁を切りたいという覚悟の値段でもあった。

イケてる大卒ホスト・涼城ホタルでいるために、涼太は〝あること〟からなんとしても卒業しなければならない。

「姫ちゃんたちに知られたら……おしまいだかんな」

涼太は小学生のころから、アニメオタクだった。

母親が同人活動をしていたこともあり、物心ついたときには暮らしの中にアニメやマンガ、〝薄い本〟というものが当たり前のようにあふれていた。

母の英才教育（？）のおかげで、涼太はボーイズラブもふつうに読む。ホストという職業を知ったのだって、家にあった極道×ホストのＢＬ小説からだった。

二世オタク、言ってみれば、涼太はサラブレッドなのだ。

母親の血なのか、画才がないこともないのだが、今のところ読み専門で自ら同人活動をする予定はない。

「や、今のところっつーか、ゼッタイないわ」

涼城ホタルの趣味は、ダーツと料理。

「それから、ＡＶ鑑賞かな。違うよ、アニマルビデオのことだかんね？」

姫とのトークはつかみが肝心、この自己紹介はテッパンネタだ。

休みの日に〝薄い本〟を読んだり、フィギュアを集めたり、そんなものはプロフィール欄を汚すだけの不要な趣味でしかなかった。

涼城ホタルでいるためにやるべきことは、ひとつ。

「アニメから卒業すること」

涼城ホタルの目指すところは、ひとつ。

「ホスト王にオレはなる！」

年の瀬の慌ただしさが日に日に加速する、十二月半ば。

この時期は毎年、涼太は某コンベンション・センターで開催されるオタクの祭典のことで頭がいっぱいになった。

いわゆる、同人誌即売会というヤツだ。大晦日（おおみそか）を含む三日間、三万五千のサークルが一堂に会し、アニメやマンガ、ゲームなどの二次創作物や、オリジナル創作物、写真集、ハンドメイド雑貨など、実に多岐にわたるジャンルの作品が集まる一大イベント。

涼太の母は今も夏と冬の年二回、この祭典にサークル参加して同人誌を売っていた。筋金入りのガチ勢なのだ。

同人誌、通称、〝薄い本〟は決して安いものではない。各サークルがほとばしる愛を注入して作る至高の一冊なのだから、それなりに値が張るのは当然だろう。祭典で心ゆくまで買い物するには、福沢諭吉（ふくざわゆきち）を何人連れていても足りなかった。

もともと涼太がネオホスのアルバイトを始めたのは、この軍資金を手っ取り早く調達するためだった。

「はよー、管理人さん」

午前十一時四十分。

涼太は大あくびで、ラウンジに顔をのぞかせた。

ゆうべはアフターの約束がなかったので、帰宅後に録り貯めていたアニメを一気に観（み）てしまった。寝たのは空が明るくなってからだったので、いつも以上に眠かった。

ひまひまに、姫たちとメッセージのやり取りをすることも忘れない。おやすみ、おはよう、いってらっしゃい、そんなひと言やスタンプが明日の売り上げにつながるのだ。

「おはよう、涼太」

「あれ、奏さんじゃん。はよーっす」

大家の奏がソファでくつろぎながら、タブレットをいじっていた。なんてことのない黒のカーディガンを羽織っているだけなのに、イケメンっぷりがハンパなかった。

奏の膝の上にはノブナガが、足もとにはヒデヨシがいた。

「奏さん、今日仕事休みなんすか？」

「いや、夕方から。お嬢は山田のばーちゃんに誘われて、コミュニティ・センターの正月飾り作り講習に行ってる」

「あー、あのワラから作る正月飾りっすね。おばあちゃん大家さんも、山田のおばあちゃんと毎年行ってたっすね」

「そうだったな」

　奏が膝で眠るノブナガをソファにどかして、立ち上がった。

「涼太、二日酔いなのか？」

「や、へーキっす。明け方までアニメ観てただけなんで」

　大家の奏だけは、涼太がアニオタなのを知っていた。

　いい歳してアニメなんて、とか、そんなの観てないで早く寝ろよ、とか、奏は余計なことは言わない。えのき荘では大家も管理人も、ニュートラルな立場でシェアメイトに向き合ってくれているのがありがたかった。

「なら、朝メシ、つか、もう昼メシだけど、ふつうに食えんな？」

「うーっす」

「今日は豚バラと水菜の塩麹蒸しに高野豆腐の煮物と、納豆汁な」

「うぉー、うまそー」

えのき荘の朝食は、すべて奏の手作りだ。

奏が台所へ向かうので、涼太はノブナガとヒデヨシの頭をちょんちょんと撫でてから後を追いかけた。レオパード柄のもこもこスウェットを腕まくりすると、袖口から左手首の錨のタトゥーがのぞいた。

「なんか手伝えることあるっすか？」

「あっためるだけだからいい、涼太は食堂に座ってな」

「んじゃ、皿だけでも運ぶっす」

台所で手際よく料理を温めなおす奏の背中を、涼太は冷蔵庫に寄りかかって見つめた。

背が高くて手足が長く、顔が小さい。八頭身？　八・五頭身？

イケメンがしのぎを削る世界に身を置く涼太から見ても、奏のルックスは文句なしにカッコよかった。芽衣は奏の目つきの悪さに震えあがっているが、ああいうのをクール＆セクシーの目と言うのだ。

左右対称顔が人間離れして見えることもあって、

「そこにいるだけで尊いレベルだわ」

涼太は小声でつぶやいてから、声を張った。

「奏さん、ヘアメの仕事に飽きたらホストやりましょうね」

「飽きねーし、できねーし」

「姫ちゃんたちを笑顔にするだけのカンタンなオシゴトっすよ」

「ホストはカンタンな仕事じゃねーだろ、涼太見てればわかる」

「それそれ、そーゆーとこ。奏さんってば顔だけじゃなく中身もイケメン、つかもう、イロメンすぎて神っしょ」

「なんだ、イロメンって？ ロメインレタスの親戚か？」

「違うっす、色男メンズっす」

奏はホストという仕事を、ちゃんと理解してくれていた。

ホストは、ただ顔がいいだけでは指名は取れない。気遣いができること、マメであること、なんだかんだで、努力と根性が物を言う体育会系な仕事だった。

「異世界に転生しても、奏さんなら勝てそうっすね」

「異世界行かねーし」

「オレがハマってる今期のアニメに、ニートの三つ子が異世界に転生してゾンビを駆逐しながらメシ屋やる話があるんすけど、奏さんなら異世界でメシ屋できますって」

「それ、つい最近、お嬢にもおんなじこと言われたな」

「管理人さんに？」

「そのアニメ、お嬢もハマってるらしい」

「管理人さん、アニオタなんすか!?」

思いもしなかった。同じニオイの人間なら見つけられる自信があったが、芽衣のことはノーマークだった。

「オタクかどうかはわかんねーけど、まぁ、アニメやマンガもふつうに好きみたいだな」

「マジか、三つ子の誰推しなんだろ」

「そういう話、お嬢としてみたらどうだ？」

「え……」

「アニメの話」

「ええ……」

おしゃべりな涼太らしくなく、言葉に詰まった。

錨のタトゥーをさすってつぶやく。

「……や、ムリっすよ」

「お嬢は涼太を笑ったりしねーよ?」

「それはまぁ、そうだと思うっすけど」

「姫じゃないから指名なくなることもないし?」

「姫ちゃんじゃないっすけど、管理人さんはオレのこと誤解してっから。我が道を行くとか、ありのままで勝負してるとか。オレ、そんなことゼンゼンないのに」

「そっか」

「そっす」

キモいとか、ダサいとか、暗いとか。

中二病をこじらせていると思われたくないから、本当の顔を取り繕って生きている。ゼンゼン、オレはありのままなんかじゃない。

ぐつぐつと鍋が煮立つ音と、チンと電子レンジの音が鳴った。

「涼太、メシあったまったぞ。残さず食えよ」

「うーっす」

「ユーグレナも飲んどけ」

「うーっす」

奏はそれ以上突っ込んだ話をすることなく、軽く手を挙げて居間に戻って行った。

その姿を見るとはなしに目で追っていると、奏がソファに座ってまたタブレットをいじり出した。

「そいや、保奈美さん言ってたっけ。奏さん、彼女さんいるんじゃないかって」

ときどき、タブレットで長文メッセージを打っているって。

「んでも、今の奏さんの顔って……」

保奈美は穏やかな顔でメッセージを打っていると言っていたけれど、

「……なんすか、あの顔」

さびしいとも、切ないとも違う。

いつも自信に満ち溢(あふ)れている奏からはかけ離れた、ひどく儚(はかな)い顔をしていた。

見てはいけないものを見てしまった気がした。

ただ、その陰(かげ)のある表情もまた悔しいくらいに色気があって、

「奏さんって、謎な人だよな」

涼太は粉末のミドリムシを手にしたまま、しばし立ち尽くしたのだった。


その日の、午後十時四十五分。

金曜の夜ということもあって、涼太の勤めるホストクラブは満卓だった。

タバコの煙に、甘いアルコールと化粧の匂い。どの卓からも享楽的な笑い声が沸き上がっていた。

ホストクラブは、毎日がハレの日だ。

「ねぇ、ホタルってさ、大卒なんでしょ？」

「んー、いちおねー」

「あったまいいんだね。あたしと住む世界違うじゃん」

「悲しいこと言わないでよ。オレの世界にはさ、オレと玲奈のふたりしかいないんだから。玲奈が違う世界行ったら、オレひとりぼっちじゃん」

「ホタルにそゆこと言われると、ウソでもうれしい」

「ウソじゃないって。オレの目見て、ウソ言ってるように見える？」

涼太は両手で玲奈の頬を押さえ込むと、ぐっと顔を近づけた。

ホストと姫の関係には、疑似恋愛を楽しむ色恋営業と、飲み友だちスタンスで盛り上がる友だち営業があった。

玲奈は最近店に通ってくるようになった新参の客だが、金離れがいいので涼太にとっては大切な太客（たくさんお金を使ってくれる）で、色恋営業の姫だった。

色恋営業は、姫を惚れさせてナンボだ。どれだけ自分に夢中にさせることができるかで、売り上げが大きく変わってくる。幻滅させるような言動をひとつでも見せたら、明日から店に来てもらえなくなるかもしれない。

「ずるいよ、ホタル。そのワンコの目、ナニ卸してほしいの？」

「シャンパン一本、色はなんでもいいよ」

「いいよ、ホタルの好きなの入れて」

「ありがと、玲奈！　大好き！」

「ほんとズルイよね、ホタル。大好きなのは、あたしのお財布でしょ」

ツンケンしたことを言いながらも、玲奈もまんざらでもない様子。

涼太は自分の姫たちの笑顔が、本当に大好きだ。

姫はお金を払ってでも何かを忘れたい、癒(いや)されたいと思っている。

だから、涼太はお金をもらって、全力で姫をもてなす。笑顔にする。

ある程度の金額のシャンパンを姫が卸すと、ホストたちが卓を囲んでシャンパンコールが始まる。店内の熱量が一気に上がり、姫と担当ホストがひとときの間、その場の主役になることができた。

「飲んで〜、飲んで〜、玲奈ちゃんが飲んで〜」

ホストクラブには笑顔しかない。

こうして店でバカ騒ぎをしていると、涼太はときどき、ここはどこなんだろうと思うことがある。知らない間に、異世界に転生してしまったんじゃないのかって。

ここにいるのは、本当の自分なんだろうか……って。

だって、これまでのオレの人生、こんなに華やかなもんじゃなかったはずだ。

中学生のとき、クラスでも地味なグループにいた同級生の男子が、とあるアニメの下敷きを使っていた。ライトノベルが原作のアニメで、涼太も毎週楽しみに観ていた作品だった。原作も買って追いかけていた。

でも、涼太がその同級生（仮にAくんとする）とアニメの話をすることはなかった。

下敷きはアニメグッズ専門店で売られていたもので、本音を言うとかなりうらやましかったが、それを学校で使うなんて、あいつはバカなのかと思った。もしも誰かに見られたら、男子からはからかわれ、女子からは気持ち悪がられるに決まっている。他人事とは思えなくて、ヒヤヒヤした。家で使え、学校には持ってくるな。

案の定、この下敷きはすぐに話題になり、クラス中がAくんを笑いの標的にした。女子は口をそろえて彼のことを『キモい』と言い、廊下ですれ違うことさえ嫌がった。

ほら、見ろ。ムチャしやがって。学校生活では、オレたちオタクは脇の甘さが命取りになることを忘れんな。

自業自得だとあきれる反面、自分もいつAくんのようになるかわからないと思うと、同じ教室にいることが苦しくてならなかった。胸が張り裂けそうだった。

ああはなりたくない、標的にされたくない。

だから、涼太は言ってしまった。

みんなが言っていたから、言わないわけにはいかなかった。

『アニメが好きとか、どんだけキモいんだよ』

Ａくんに向かって言った言葉が、全部自分に跳ね返ってきた。

あのときの言葉の棘がずっと心に刺さったまま、今も取れないでいる。

Ａくんは、とても悲しそうな目で下敷きを見つめていた。それは明日の自分の姿かもしれなかった。

みんなが言っていたから、なんて言い訳だ。アニメの楽しさを教えてくれた母のことまで否定してしまったようで、涼太は卑怯な自分が情けなかった。

こんなオレの、どこがありのままだってんだよ。

「飲んで～、飲んで～、ホタルが飲んで～」

ぼんやりしていた涼太だったが、目の前にピンクのラベルのシャンパンを突き出されていたことに気づいて、我に返った。

もう自分の言葉で誰かを傷つけたくない。

人を笑顔にする言葉を紡ぎたい。

「あざーっす！　いっただきまーす！」

ここは異世界。

違う、現実世界だ。

涼太は心の棘を押し流すように、一本十万以上もするシャンパンを一気飲みした。

年の瀬の大仕事、大掃除。

クリスマスまであと数日となったある日の、午後四時四十五分。

芽衣は居間のクリスマスツリーの横にあるマガジンラックの前に正座して、古くなった雑誌をビニール紐（ひも）でまとめる作業をしていた。ここの雑誌はどれも下宿人たちが買ってきたもので、読みたい人はご自由にどうぞ、と寄付するカタチで置いてあった。

大家さんに言わせると、

『自分で古紙の日に出すのが面倒だからって、しれっとここに置いてるだけだろ』

ということになるらしいけれども。

雑誌のジャンルはグルメに音楽、エンタメ情報誌などで、中でも一番冊数が多いのは、保奈美とるりっちが買っていたと思（おぼ）しきファッション誌だった。

「こういうモデルさんのヘアメイクを、大家さんがやっているのかな」

芽衣はパラパラとファッション誌をめくった。表紙を飾っているのは、最近テレビでも引っ張りだこのモデルだった。

目つきと愛想と性格が悪い第六天魔王の奏には、ファッション誌を中心に活躍するヘアメイクアーティストという表の顔があった。

「わ、みんな足長い……」

どのページを開いても、プロポーション抜群の美男美女が並んでいた。

「同じ人間だとは思えない……」

芽衣はオーバーオールを着た自分をちらりと見やって、ため息をこぼした。

ファッション誌を見て、かわいいと思って買った服でも、自分が着てみたら、まったくかわいくないということが往々にしてある。

「まぁ、こういうおしゃれな通勤服を買っても、着ていく場所もないしね」

芽衣が職場に通勤をしていたのは、わずか半年のことだった。

芽衣は親の決めた福島県内の女子高から、そのままエスカレーター式に女子大へ進学し、卒業後は〝家事手伝い〟になるように言われていた。

料理教室に通って、お花を習って、要するに花嫁修業だ。

女子高の系列には短大もあったので、親は本当ならそちらへ行かせたかったようだけれど、親戚の誰々ちゃんが四大に入学したという話を聞いて、対抗するように芽衣のことを四年制大学に入れた。

こうした人生のレールは、いつもいつだって芽衣の意思とは無関係なところで決まっていた。希望を言ったところで聞いてもらえないのはわかっていたし、そもそも、芽衣には自分が何をしたいのかがわからなかった。

洋服でも髪型でも進路でも、何もかもを、親がずっと決めてくれていたから。

「わたしは、お人形さんなの」

芽衣の実家の星家は武家の末裔で、地元の名家で、父は会社を経営していた。

奏が芽衣のことを『お嬢』と呼ぶのは、こうした背景について履歴書を見て知っているからだった。

「お人形さんが自分の意思で動くようになったら、呪いの人形だよね」

大学を卒業するときに、芽衣は生まれて初めて親に反抗した。このまま、親の決めた誰かと結婚させられたら、二度と自由はないと思った。

『東京で仕事をしながら、ひとり暮らしをしてみたいです』

井戸の中から、大海へ飛び出したかった。

自分の足で立って、我が道を歩いてみたかった。

言うまでもなく猛反対され、母は泣きじゃくり、父は一枚板のテーブルを何度も拳で叩いて声を荒らげた。

それでも、芽衣は退かなかった。

『二年だけだ。二年経ったら会津に戻って来い』

芽衣がここまで我を通したことはなかったので、父が渋々ながら折れた。家出でもされたら世間体が悪いと考えたのだろう。

ただし、東京に出ることは許してくれたが、ひとり暮らしは許されなかった。

会津出身で今は東京で弁護士をしているという、父の古くからの友人の家に預けられることになった。仕事も、その友人の弁護士事務所の事務ということで採用されたが、やることはただのお茶くみだった。

一筋の光明は、この家の奥さまが理解のある人だったことだ。

『結婚して、子どもを産むことだけが女性の幸せではないわ』

奥さまには子どもがいなかった。

『それに、お茶くみは男性だってやるべきよ。ウチの人、リベラルじゃないわね。脳みそにキノコでも生えているのかしら』

何事にも、誰に対しても物怖じせず、自分の意見をはっきりと口にすることのできる女性だった。

『では、こうしましょう。芽衣ちゃんが自分の力で仕事先と住むところを見つけられたら、ここを出て行ってもいいわ。ご実家には内緒にしておいてあげます』

けれども、世の中、そうそう甘くない。

仕事先は、いつまで経っても見つからなかった。芽衣のこれまでの人生がいかに人任せだったか、『自分の力で』というのが、こんなにも難しいことだとは思わなかった。

夏が過ぎ、秋が来て、半ばあきらめかけていたとき、えのき荘の住み込み管理人の募集広告を見つけた。住み込みという条件にも惹かれたけれど、それよりも、管理人という仕事に芽衣はかつてなく興味を持った。

今まで人にしてもらうばかりだった自分が、人のために何かをすることができるかもしれないと思ったからだ。

実際やってみたら、これまた甘くはなかった。

当たり前だ、甘い仕事なんてあるわけがない。働くというのは、お金を稼ぐというのは、そういうことなのだ。

「わたし、えのき荘のお役に立てているのかな」

親のくれたモラトリアムな時間は、あと一年と三カ月。

二年は短いか、長いか、それはその間に何をしたかによって変わってくるはずだ。

「わたしは……、呪いの人形なんかじゃない」

えのき荘の下宿人たちがみなそれぞれに、縁切り榎に何かしらの悪縁を切りたいと願掛けしているように、芽衣もまた縁切りを願っていた。

「わたしは、わたし」

親の人形でも、呪いの人形でもない。

ありのままの〝わたし〟になりたい。

芽衣は手にしていたファッション誌を閉じると、気合いを入れ直して古くなった雑誌を束ねていった。奏の仕事に必要なファッション誌は、自分の部屋か、階段横の納戸（大家さんは書庫と呼んでいる）に保管してあるので、ここにある雑誌は管理人の判断で好きに処分していいことになっていた。

「最新号の何冊かだけを残して、あとは全部古紙に出しちゃっていいよね」

芽衣は古雑誌をふたつの束に分けて、廊下に出た。

すると、階段下にすでに積んであった古雑誌の束で、ノブナガが爪とぎをしていた。これは奏と涼太とタマちゃんの部屋から出た分で、結構な量があった。

「ノブナガさん、またそんなところで！」

「ニャッ」

「爪とぎ用のダンボールなら居間にありますから！」

「ニャニャッ」

爪をとぐだけでなく、じゃれて紙面を食いちぎっていたようで、廊下にはビリビリに破られた紙片が散らばっていた。

「んもう。ノブナガさん、仕事増やさないでくださいって」

芽衣が抱き上げようとするより一拍早く、ノブナガは後ろ足で古雑誌の束を蹴り飛ばして逃げて行った。その拍子に一番厚みのある束のビニール紐が切れて、

「ああっ」

古雑誌の山が荷崩れを起こした。

「これはひどい……」

芽衣は脱力して、その場にへたりこんでしまった。

崩れた山は、涼太の出した古雑誌のようだった。ホストのための情報誌や、メンズファッション誌がずらり。かと思いきや。

「あれ、これって」

山の下の方に、アニメ雑誌がひっそりと紛れ込んでいた。

「この表紙、『三ツ星のグルメ』！」

それは、芽衣が今、毎週楽しみにしているアニメだった。

東京に出てくるまでは、芽衣はアニメやマンガをほとんど目にすることがなかった。親からは、そういう低俗な娯楽は好ましくないと言われていた。

芽衣は冷たい廊下に正座をして、ドキドキしながらアニメ雑誌を開いた。

「わぁ、三つ子のキャラ設定だって。すごい、身長や血液型まで決まってる」

紙面はアニメさながらににぎやかで、知っていれば物語がよりおもしろくなる情報が満載だった。

「あ、これいい。三つ子の定食屋さんのお料理レシピまで載ってる」

芽衣は大掃除をしていたことを忘れて、アニメ雑誌に夢中になった。

しばらくして、二階からやかましく階段を駆け下りてくる足音が聞こえた。

「やっべー！　遅刻、遅刻！」

下りてきたのは、涼太だった。

いつもホストクラブに出勤するときはザ・ホストなスーツ姿なのに、今日の涼太はキャメルのピーコートに黒のスキニーパンツという私服のコーディネートでキメていた。しかも、黒縁のウェリントン眼鏡をかけていて、それがまたよく似合っていた。

涼太にとってはスーツはあくまで仕事着で、プライベートでは実はかなりおしゃれに敏感だった。ぱっちり二重の少年みたいな顔つきのせいか、私服になると大学生のように見えなくもなかった。

「涼太さん、今からお出かけですか？」

「あー、管理人さん、仕事行ってくるわー」

「今日はいつもより遅いんですね」

「うん、姫ちゃんと晩メシ食ってからの同伴出勤なのよ。同伴のときはさ、出勤が定時よりも遅くていいからラッキーなんだよね」

同伴出勤、夜の世界ならではのワードだった。

「それで、服装もいつもと雰囲気が違うんですね。そういうのなんて言うんでしたっけ、私服でやっているホストさんたち」

「ネオホスねー。今日の姫ちゃんさ、外資系企業で管理職やってて、連れて歩いてるのがホストって丸わかりのカッコじゃヤダって言うから、気ィ使ったつもり」

そう言って、涼太が眼鏡に手をかけた。

「ふふ。いいですね、そういう格好の涼太さんもステキですよ」

「でしょ、よく言われる……っと」

涼太が廊下に散らばる古雑誌につまずいた。

「ナニ、この惨劇。ってか、えっ、管理人さん!?」

涼太が芽衣の手もとを見て、ギクリと身体(からだ)を強張(こわば)らせた。日ごろから低血圧そうな白い顔ではあるけれど、今は輪をかけて血の気がないように見えた。

「ちょ、ナニ読んでんの!?」

「あ、これ」

「勝手に人の読まないでよ！　プライバシーの侵害だってば！」

「えっ、あっ！　すみません！」

芽衣は慌ててアニメ雑誌を閉じた。

涼太の言うとおりだ。いくら捨てる古雑誌だからって、下宿人の持ち物を勝手に見るようなことは、管理人ならしてはいけなかった。

「ごめんなさい！　あの、せっかく涼太さんが束ねて出してくれたのに、その、荷崩れしちゃって、そしたら、『三ツ星のグルメ』の表紙が見えて……」

「三ツ星の……」

「本当にすみません、これから気をつけます」

どうしよう、あやまって済むなら警察いらないって言われたら。

わたし、取り返しのつかないことをしちゃったんじゃ……。

「わたし……、解雇でしょうか……？」

「え？」

「プライバシーを守れないなんて、管理人にあるまじき行為ですものね。大家さんに解雇を言い渡されても、言い訳できませんよね」

どうしよう、えのき荘を追い出されてしまったら。

「だけど、わたし……、行く場所が……」

何にも縁切りができないまま、ふりだしに戻るだけ。

「ちょ、ちょっと待った。ごめん、管理人さん」

「涼太さんは悪くないです。悪いのは、わたしです」

「ちがくて、今のは完全にオレが悪かった。マジごめん。この惨劇ってアレでしょ、ノブナガがやったんでしょ？」

涼太がしゃがみ込んで古雑誌を脇に除(の)けながら、首をすくめる。

「あいつ、ホント悪いオンナだよな」

「ノブナガも悪くないんです。猫はダンボールや紙が好きなので……、それに、荷崩れしたのを、そのまま元に戻せばいいだけのことなのに、わたしが……」

芽衣は震えを堪えるように、膝の上の両手を握りしめた。

『使えねーな、お嬢』

大家さんの温度のない声が聞こえた気がした。

「や、だからさ、管理人さん。ちがくてさ」

ひざまずいて、涼太が芽衣の片手をすくい上げた。

その流れるような仕草は、王子さまみたいだった。

「大丈夫、解雇になんかならない。オレがさせない」

「でも……」

「オレの言葉で、また誰かを傷つけちゃったんだな」

「また……？」

「管理人さんを泣かせたら、オレこそ奏さんにパンイチでおん出されるよ」

「そんなことはないです。涼太さんの方が、わたしなんかよりよっぽど価値のある人間なんですから」

言い終わる前に、芽衣の片手を握る涼太の指先に力が込められた。

顔を上げると、眼鏡越しの涼太の真剣な目がすぐそこにあった。

「そんなこと言うなって。この世に価値のない人間なんていない。管理人さんにも、ホストなんてやってるオレにも、価値はある」

「涼太さん……」

涼太が、空いている方の手でアニメ雑誌を引き寄せる。

「管理人さん、三つ子の誰推しなの？」

「オシ？」

「あー、誰が好きなの？」

「あ……、えっと、ぽんこつな三男です。いっつも長男と次男の後ろに隠れているダメなところが、なんだか、自分を見ているようで。もどかしいんですけど、でも、へんてこ食材でお菓子を作らせたら神なところとかは応援したいっていうか」

「そーゆーのわかるわー。オレはね、カッコつけマンの長男推し。中身ぺっらぺらのくせに、周りにいい顔見せたくてすーぐゾンビに挑むじゃん？　で、結局は周り巻き込んでトラブル大きくするだけじゃん？　オレみたい」

「そんなことないです、涼太さんは中身ぺらっぺらじゃないです」

「カッコつけマンだから、そう見えるだけなんだって」

涼太が一度うつむいてから、深呼吸とともに顔を上げた。

「ぶっちゃけちゃうとね、オレね、アニオタなんだよね。このアニメ雑誌、小学生のころから買ってんの」

「すごいですね！」

「キモいっしょ？　いい大人がアニメ観て萌えるとか引くっしょ？　だからね、それ隠すためにホストやってイキがってんの」

「どうして、隠す必要があるんですか？」

「だって、恥ずかしーじゃん」

涼太が、いつになく困ったように笑った。

その表情に、芽衣は見覚えがあった。

いつだったか、涼太が朝帰りしたときのこと。芽衣が、ありのままで勝負している涼太を褒めたら、

『ありのままで勝負したら、オレなんかボッコボコだよ』

そう言って、今と同じ表情になった。

「どうしてですか？」

「え……」

「自分の一番好きなことがわかっているのに、どうして恥ずかしいんですか？」

「ええ……」

「わたしもアニメを観ます。少女マンガも読みます。楽しいです。それって、人に言っちゃいけない趣味なんですか？」

これまで自由のなかった芽衣は、趣味なんて知らなかった。自分が何に興味があるのかすら、よくわからなかった。

それが、えのき荘でささやかな自由を手に入れてからは、世の中のあらゆることに興味が湧くようになった。でも、まだ、どれが一番好きなことなのかがわからないから、小学生のときから一番がわかっている涼太を純粋にうらやましいと思った。

「えーっとね、うん……、そうだね。そんなにキラキラした目で言われっと、なんか、隠してるこっちが恥ずかしくなってくんね」

「カッコつけていても、いなくても、涼太さんは涼太さんです」

「やばいなー。管理人さん、そーゆーの天然なの？」

「え？」

涼太がくしゃりと笑った。

今度ははにかんだような、いい笑顔だった。

と、そのとき。

「ただいま」

という声がして、玄関の引き戸がガラガラと開いた。

ちょうど冬至の時季なので、外はすでに日が暮れていた。

玄関口の灯りを点けておいてよかったな、と芽衣は管理人としての役目をひとつこなせていたことに胸を撫で下ろした。

「この季節しょうがねーけどさ、カメラマンさんがインフルエンザにかかって撮影飛んじまったんだよ」

不機嫌極まりないご様子の、第六天魔王のご帰還だった。

芽衣がおかえりなさいを言うより先に、奏が廊下にいるふたりに気づいた。

芽衣の片手は、ひざまずいている涼太に握られたままだった。

「ああ!?　涼太、てめー、お嬢にナニしてんだー!?」

土足のまま廊下を走ってきた奏が、いきなり涼太の胸ぐらをつかんだ。

「わーっ、奏さん！　誤解、誤解！　オレ、なんもしてないっす！」

「ウチのシェアメイトにがっついたクズはいらねーんだよ！」

「わーってますって！　オレ、そっちの方はまったく不自由してないんで！　幼児体型より、わがままボディ推しだし！」

幼児体型……？

さりげなく涼太に失礼なことを言われているのに気づいて、呆気にとられていた芽衣はハッと動き出した。

「あ、あの！　大家さん、何か勘違いしてます！　涼太さんはクズなんかじゃありません、価値ある下宿人さんです！」

「ああ?」

芽衣を振り返ったときの奏の顔は、閻魔大王のようだった。

怖すぎる……！

「ウチのは下宿人じゃねーし、シェアメイトだし」

「そ、そうでした……！」

「なんもされてねーんだな、お嬢?」

「されていません。涼太さんと、『三ツ星のグルメ』の話をしていただけです」

「三ツ星グルメ?」

「三ツ星〝の〟グルメです」

「三ツ星〝の〟グルメっす」

芽衣と涼太の声が重なった。

奏は少しずつ状況を把握したようで、芽衣と涼太の間にあるアニメ雑誌を見て、深い息をこぼした。

「なんだよ、そういうことかよ」

廊下に落ちる、しばしの沈黙。

居間で寝ていたはずのヒデヨシが奏のお出迎えに現れ、

「ワン！」

と、空気を読まずに元気よく鳴いた。

「悪い、涼太はそんなヤツじゃねーよな。女見る目あるもんな」

「そうっすよ、そこんとこヨロシクっすよ」

今また、さりげなく失礼なやり取りがあったような。

「ふだんクールな奏さんの熱いとこが見れて胸熱っすね。また怒鳴ってもらいてー」

「ドMかよ」

「SよりMっすよ、今は。オラオラ系とか流行んないんで」

「よくわかんねーけど、邪魔したな。三ツ星〝の〟グルメの話、続けてくれ」

奏に肩を叩かれて、涼太が思い出したように立ち上がった。

「てか、やっべ！　真悠子さんとの約束、間に合わねー！」

「あ、同伴の……」

芽衣はオーバーオールの胸ポケットから古い懐中時計を取り出して、時間を確認した。時計の針は五時を回っていた。

「待たせるとおっかないんだよね、あの人」

「ちょい待て、涼太」

引き留めて、奏が肩に提げていた大きな黒いカバンから何かを取り出した。

「それ、ヘアピンっすか？」

「アメリカピン。これでサイドの長い毛、留めとけ」

奏が細い指で涼太の茶髪を軽く撫でつけ、左右の耳の上あたりにそれぞれ二本ずつアメリカピンを挿した。

「服装に合わせて、髪型もスマートにな」

「わぁ、すごい……！」

思わず、芽衣は声に出してしまった。

ヘアワックスでスジ盛りにしていなくても、全体的に長めの涼太の茶髪はそこはかとなくホスト感があった。

それが、アメリカピン四本で見違えるほどすっきりした。顔にかかっていたサイドの髪を上げたせいか、眼鏡のおしゃれも際立って見えた。こういうさりげないヘアピン男子なら、好感度アップ間違いない。

「やった、奏さんにヘアメしてもらった」

「こんなアレンジ、ヘアメのうちに入らねーよ」

奏に手鏡を見せられた涼太は、鏡の中の自分に大満足のようだった。

「今日のオレ、なんか賢そー」

「しゃべり方は、いつもどおりアタマ悪そうだけどな」

「言うよねー」

テンションアゲアゲの涼太が玄関に立った。

「管理人さん！　そこのアニメ雑誌、好きなの持ってっていいから！」

「わっ、ありがとうございます」

「今度、薄い本貸してあげっから」

「薄い……本？」

「んじゃ、今度こそ、いってきまーす」

「いってらっしゃい」

「おう、いってこい」

芽衣と奏に手を振って、涼太はつむじ風のようにえのき荘を飛び出して行った。

騒がしかった玄関が静まりかえり、再び、廊下に沈黙が落ちる。

手の中の懐中時計の針の音がカチカチとうるさく聞こえるほど、静かだった。

「あのう」

芽衣がおそるおそる奏の横顔をうかがうと、第六天魔王は拾い上げた一冊のアニメ雑誌にびっくりするほどやさしい眼差し(まなざ)しを注いでいた。

「お嬢」

「は、はいっ」

「さっきの話、どっちから?」

「はい?」

「どっちから、涼太とアニメの話になった?」

「あ、それは……、わたしからです。わたしが勝手に、涼太さんが出した古雑誌の山からアニメ雑誌を見つけて……」

今ほどあったことを、芽衣は順を追って正直に話した。

下宿人のプライバシーを守るどころか、立ち入ってしまったことを深く謝罪した。

奏はずっと黙って聞いていて、

「あっそ」

と、最後に一言だけつぶやいた。

「あの、わたし、やっぱり……解雇、とか」

「ねーし。働き方改革だなんだとかで、住み込みってのは敬遠されんだよ。こっちも人手不足なんだよ」

「あ……、ありがとうございます」

「それはこっちの台詞」

「え？」

「ありがとな」

「え!?」

「涼太がアニメと向き合えるようになれて、すげえうれしい」

奏が芽衣に、手にしていたアニメ雑誌を差し出した。

「これ、あいつ、いつもほかの雑誌の間にはさんで隠すように捨ててた」

「はい……。今回もビニール紐が切れなければ、気づかなかったと思います」

「どんだけ恥ずかしいんだよな、エロ本かよ」

芽衣は奏からアニメ雑誌を受け取って、頭の中を整理した。

涼太はホストという商売柄、常に複数の姫と同時進行で連絡を取り合っていた。お店のナンバー3という話だし、あれだけかっこかわいい顔をしていれば、それはもう自分で『そっちの方はまったく不自由してないんで』と豪語するのもうなずける。

だから、芽衣はてっきり、涼太の悪縁は女性関係なのだと思っていた。女癖の悪さというか、そういうことでの縁切りを願掛けしているんだろうなって。

「あの、大家さん、涼太さんの切りたい悪縁って……」

「涼太は、アニメから卒業したいって言ってた」

「アニメから……」

芽衣は、涼太の心の闇にまったく気づいていなかった。

アニメオタクであることをひた隠す涼太の演技は、完璧だった。

「なんで……。小学生のときから、ずっと一番好きなことだったのに」

「姫たちに知られたくないんだろ。〝イケてる大卒ホスト・涼城ホタル〟でいるためには、邪魔な趣味だと思ってるんじゃないか」

「邪魔だなんて、何も恥ずかしがることないのに」

「にわかオタクじゃないだけに、過去にはいろいろあったんだろ。一度でも恥ずかしい思いをした経験があると、それをさらけ出すのは怖いもんだ」

「過去……」

「学校生活って、残酷だからな」

「学校生活……」

芽衣も、いろいろあったことを思い出した。

学生時代は枠からはみ出たことをすると、すぐに標的にされてしまうから。

そうされないように、ずるいことをしてしまった日もあった。

「これで……、涼太さん、えのき荘にさよならするんでしょうか？」

「オレは、涼太はアニメから卒業できねーと思ってる。アニメの話をしてるときの涼太、いい顔してんだよ。涼城ホタルじゃなくて、ちゃんと清城涼太の顔してんだよ」

「ありのままの顔……ですね？」

「すっぴん、とも言うな」

それは、ヘアメイクアーティストならではの表現だった。

「わたし、涼太さんがアニメから卒業したら……ちょっぴり残念です」

「そういうことに気づけるか、気づけないか、こっからは涼太次第ってとこだな」

そっけない言い方。大家も管理人も、下宿人に、いや、シェアメイトに余計なお節介を焼かない。必要なお節介は焼く。

今回のこの一連のやり取りは、涼太にとって、どちらだったのだろう。

余計なことをしてしまったような気もするし、必要なことだと思ってもらえたような気もした。

「お嬢。とりあえず、この廊下なんとかしようぜ。古雑誌や紙切れ片付けちまわねーと、またノブナガにやられるぞ」

奏の視線の先では、居間の引き戸の隙間(すきま)から、ノブナガが顔半分だけで廊下をのぞき見していた。次はどんなイタズラを仕掛けてやろうかと、虎視眈々(こしたんたん)とチャンスをうかがっているようだった。一方、ヒデヨシはと言うと、こちらはのんきなもので古雑誌を枕にしてごろりと横になっている。

「大家さん、その前にですね」

「ああ？」

「おかえりなさい」

芽衣はアニメ雑誌を胸に抱えて、基本の〝き〟を口にした。

大家と管理人は、二人三脚の関係でいたいと思った。シェアメイトに寄り添うときも、さよならするときも。

「おう、ただいま。って、オレはさっき言った」

「それから、もうひとつ」

「ああ？」

「靴、脱いでくださいね。えのき荘に泥の付いた足で入っていいのは、ノブナガさんだけですからね」

奏はスニーカーのまま、廊下に突っ立っていた。

「んだよ、心配して損したじゃねーか」

「さっきは……、ありがとうございました」

「女ひとりだからな。なんかあったらマズイからな」

「えのき荘に、そんなクズはいませんよ」

「そんなこと、お嬢に言われなくたってわかってんだよ」

奏が芽衣のおでこをデコピンした。

「アイタッ」

痛いと言ったけれど、本当はそれほど痛くはなかった。

痛みよりもくすぐったさが勝って、芽衣はえのき荘の管理人でいられることをしみじみうれしく感じたのだった。

◇

さて、冬の祭典の前日。

涼太はまだえのき荘で暮らしているし、出て行くつもりもさらさらなかった。

芽衣にアニオタであることをカミングアウトしたくらいでは、悪縁を断ち切ったとは言えなかった。アニメから、これっぽっちも卒業していない。

ホスト王にもなっていない。

十二月二十八日、午後十二時五分。

えのき荘の食堂で朝食兼昼食を頬張りながら、涼太は祭典のカタログをぺらぺらとめくっていた。ちなみに、今朝の献立は冬野菜のポトフとチキンライスだ。

「ヤバ。奏さんのポトフ、ヤバうま」

カブやレンコン、白菜がどっさり入ったポトフはコンソメベースの洋風スープでありながら、隠し味に赤味噌を使うのが奏のこだわりだった。

涼太はスプーンを動かすのと、カタログをめくるので忙しかった。

「えーっと、二日目のスケジュールはと」

祭典は、日にちごとに出店しているサークルが異なった。ジャンル別になっていて、涼太の好きなアニメやマンガの二次創作は二日目の扱いだった。

カタログには、各サークルのスペース番号などが掲載されている。

「母さんのサークルは、また壁か。だよな。ちょこっと顔出してみっか」

会場の壁際に配置されるサークルは、大手の人気サークルと相場が決まっていた。毎回、母の描く同人誌を買い求める客が長い行列を作った。

「ねーちゃんはお誕生日席ね」

何を隠そう、涼太の姉もオタクだった。お誕生日席とは、売り場の島の端っこの比較的広いスペースを言った。

「ねーちゃん、美人なのに腐ってんかんなー。こりゃまた婚期遠のいたなー」

表の顔は美人ＯＬだが、これまた母の英才教育（？）によって、姉は完璧な腐女子に仕上がっていた。夏の祭典で、ホストと下宿先の大家があんなことやこんなことになるオリジナルのＢＬ同人誌を売っているのを見たときは、売り上げの半分を寄越せと思った。

どう見ても、モデルは涼太と奏だった。かわいい弟のことすら平気で妄想のタネにする、その腐り具合にサラブレッドの恐ろしさを痛感した。

「新刊って、まさか、あの同人誌の続きか」

涼太はケチャップボトルの横にカタログを放り出して、スマホで姉のＳＮＳアカウントをチェックした。多くのサークルが、ＳＮＳで新刊情報をあげていた。

「あの、涼太さん」

「わーっ！」

気づかないうちに芽衣が向かいに座り込んで、ほうじ茶を淹れてくれていた。

「あの、それ」

「えっ、ちょ、ちがうからね！　この肌色成分多めの同人誌に出てくるホストはオレじゃないからね！」

「え？」

「え？」

「えっと、そのカタログなんですけど、少し見せてもらってもいいですか？」

「カタログ？　あ……、あぁ、どーぞ」

涼太は心臓をバクバクさせながら、スマホ画面をロックした。

いくらカミングアウトしたと言っても、大っぴらにオタク趣味について話すのは、まだちょっと、いや、だいぶ恥ずかしい。

「えーっと、管理人さん、祭典に興味あんの？」

涼太は気持ちを静めるために、芽衣が淹れてくれたほうじ茶を口に運びながら訊いた。

「はい。あさって、二日目に行ってみようと思って」

「ぶっ！」

ほうじ茶を噴き出してしまった。

「この前、涼太さんが貸してくれた『三ツ星のグルメ』の薄い本、あれを出しているサークルさんが、冬に新刊を出すってSNSで見たんです」

「いやいやいやいや！　あのね、祭典はね、そんな軽い気持ちで素人がふらっと行ける場所じゃないのよ。欲しいのあんなら、オレが買ってきてあげっから」

「涼太さんも行くんですか！」

「そ、そりゃ……行くっしょ」

「それじゃ、会場で涼太さんに会えるかもしれませんね！」

いやいやいやいや、会えるわけないし。

涼太は噴き出したほうじ茶を台ぶきんで拭きながら、軽い苛立ちを覚えた。

これだから一般人は困る。あの戦場のような空気と、人出をわかっていないのだ。それに祭典には祭典のルールがあり、ポッと出のにわかが興味本位で足を踏み込むと痛い目に遭うことだってある。

「大家さん、涼太さんも二日目に行くそうですよ」

芽衣が半身をひねって呼びかけると、居間でノブナガのブラッシングをしていたはずの奏が食堂にやって来た。

「へー。なら、会場で涼太に会えるかもな」

「だから、会えるわけないっしょ」

「なんで？」

「なんでって、奏さん、ニュース映像で観たことないんすか。駅から会場まで、会場ん中も、人、人、人、人なんすからね」

「なら、はぐれねーように手つないでくか。お嬢」

「えっ、それはちょっと」

芽衣はあからさまに嫌そうな顔をしていた。

「奏さん、祭典で手なんかつないでるリア充は爆発……って、えっ？」

「ああ？」

「えっ？　まさか、あさって、奏さんも行くつもりなんすか？」

「当たり前だろ、お嬢ひとりで行かせられるか」

「奏さん！　そこはついて行くんじゃなくて、引き留めるとこっしょ！」

バカなの、この人たち!?

「コスプレってヤツを見てみたいと思ってたんだよ」

「えっ、奏さん、レイヤーさんに興味あるんすか？」

「日本が世界に誇るクールジャパンだからな、ヘアメイクの参考になんだろ」

「意識高っ」

　レイヤーさんのヘアメは、そりゃ参考になるだろうけどさ！

「お嬢、環も誘ってみるか」

「そうですね。タマちゃんも、たまには気分転換したいかもしれませんからね」

　バカだ、この人たち、大バカ野郎だ。

「タマちゃんは受験生っすよ！　あんな人の多い場所に連れてって、インフルエンザとかもらったらどーすんすか！」

「そこは、ユーグレナで免疫力を高めてだな」

「たかがミドリムシ！」

「たかがって、お前な」

「ゼッタイに反対っす！　薄い本はオレが買ってきます、レイヤーさんの写真もオレが撮ってきます。それでいいっすか!?」

　涼太が興奮して食卓に両手をついた振動で、ポトフの皿からフランクフルトがワンバウンドして転がり出た。

「あぁ、オレの大好物が」

涼太はすぐさまフォークで拾おうとしたが、それより早く、奏が女の人みたいに細い指でフランクフルトをつまみ上げた。

「涼太。返してほしいか、このフランクフルト」

「つか、それ、オレのですし」

「返してほしかったら、あさって、オレたちのことを引率しろ」

「は？」

「祭典に、オレとお嬢も連れて行け」

「はぁ!?」

「鍋にはもうフランクフルトは残ってねーぞ、ニンジンとタマネギばっかだ。どうする？　フランクフルトか、引率か？」

奏が食卓に片肘（かたひじ）をついて、悪い顔で笑っていた。

なんでこんな話になったのか、涼太には意味がわからなかった。わかることはひとつだけ、第六天魔王があああいう顔で笑っているときは、絶対に退かないということ。

「このフランクフルト、ハーブが入っててうまいぞ?」

容赦のない、胃袋への直接攻撃。

「いやいやいやいやいや」

涼太は唸(うな)って、カチューシャをしている茶髪頭をガシガシと掻(か)いた。

アニオタであることをカミングアウトしたら、冬の祭典で大バカ野郎どもを引率することになりました!?

「小銭は?」

「持ちました!」

「カイロは?」

「持ちました!」

「会場での自由行動は禁止っす。まずはオレの行きたいジャンルから。島買いしたら、そのあとで、みんなの行きたいスペースを順番で回って行くんで、くれぐれも勝手に行動しないこと。おやつは三百円まで、遠足は家に帰るまでが遠足っす」

「はい、よろしくお願いします！」

十二月三十日、午前九時五分。

落としたフランクフルトでまんまと丸め込まれた涼太は、遠足当日のようにワクワクした顔の芽衣と、意識高すぎる奏と、あくびばかりしているタマちゃんを連れて、ＪＲ埼京線に揺られていた。

いつもの涼太なら始発で会場に向かっているところだが、今回は一般人を連れているため、無理はできなかった。

お正月休みに入っているのでサラリーマンの姿は少ないものの、故郷へ帰省すると思われる家族連れや若者で電車内はそこそこ混んでいた。この先の大崎、大井町あたりまで行くと、祭典へ向かう人たちが一気に乗り込んでくることになるだろう。

「つかさ、タマちゃんまで、なんで来るかな」

「一度行ってみたかったんで」

「その割に、あくびばっかじゃん？　タマちゃん、アニメとかマンガとかゲームとか好きだったっけ？」

「まぁ、ふつうに」

「ふつうかよー」

「オレ、廃墟なんかが好きですね」

「あ、そうなの？　そういうジャンル、三日目にあるよ」

オタクの性でつい饒舌になりかけた涼太だったが、タマちゃんはいつもと同じ、淡々としたテンションだった。今日も全身黒ずくめ、すだれのような前髪は健在だ。

ほぼほぼ座敷わらしと化しているタマちゃんが、勉強以外のことに興味を持ってくれたのはうれしかったが、風邪やインフルエンザにかかったら一大事なので、涼太は背負ったリュックからマスクを取り出した。

「あげる、タマちゃん。会場入ったら、マスクつけときなよ」

「ありがとうございます」

タマちゃんが顎を突き出すように小さく頭を下げて、マスクをダッフルコートのポケットにしまった。このペコッは、猫背のタマちゃんがよくやる仕草だった。

「ホントさ、タマちゃんまで、なんで来るかな」

「涼太さん、それ、今ので三十一回目なんですけど」

「だってさー、受験生がインフルエンザとかもらったら大変だからさー」

「それ、二十七回目です」

タマちゃんの細かすぎるツッコミに、奏と芽衣が誘われるように笑った。

この中で、祭典のなんたるやを知っているのは涼太だけだ。

三人は遊びに行くような感覚なのかもしれないが、涼太にとって祭典というのは孤独な戦場だった。いつもひとりで挑んだ。

ふと、子どものころは母に連れられ、少し大人になってからは姉に連れられて会場へ向かっていたことを思い出した。

いつから、ひとりで挑むようになったのか、友だちにもアニオタだということを隠すようになってからだから、もうずいぶん経っているような気がする。

「あ、管理人さん、こっから人多くなるからこっち来てなよ」

涼太は芽衣の腕を引いて、自分と扉の間に移動させた。さっきから芽衣は、降りる人や乗ってきた人にぶつかってばかりいた。

「すみません、ありがとうございます」

「管理人さんの今日のカッコ、かわいいじゃん」

「えっ、あ……、ありがとうございます」

うつむく芽衣の耳が赤かった。

今日の芽衣はオレンジ色の軽量ダウンジャケットに濃紺のキルティングスカート、スパッツ、スニーカーという出で立ちだった。

いわゆる、山ガールっぽい。化粧っけがなく素朴な管理人さんには、こうしたファッションがえらく似合っていた。

「大丈夫、顔赤いけど？　電車の中、暑い？」

芽衣が照れているのがわかったので、涼太はあえてズレたことを言ってあげた。

こうやってオンナノコの気持ちをほぐしてあげるのも、ホストのオシゴトだ。

「えっと……、はい、少し暑いですね。混んでるから仕方がないですね」

「降りたら水分補給しよーねー。でも、あんま飲むとトイレ近くなるからダメだかんねー」

「はい……」

駅に着いたらコンビニで人数分の水を買おうと算段していると、奏のクール&セクシーな目にしげしげと見られていることに気づいた。

「なんすか、奏さん」

「いや、やっぱオレにはホストはできねーと思って」

「やりましょーよ」

「オレ、マメじゃねーし。涼太、よく気がつくよな。環やお嬢のこと、朝からずっと気にかけてるもんな」

第六天魔王に褒められた。

「あ、それ、オレも思ってました。涼太さん、気配り上手ですよね」

タマちゃんからも褒められてしまった。

自分ではマメだとも、気配り上手だとも思っていない。

言ってみれば、単にお節介焼きなだけ。母はシングルマザーだったので涼太に父はなく、母も姉も創作活動以外のことにはズボラだったから、涼太が家長として家族の世話をしないとならない家庭環境だった。

以前、店でなんの気なしに母はシングルマザーだと話したら、

『かわいそう、これまで苦労したんだね』

と、姫に泣かれてしまって驚いたことがある。

涼太は、自分の生い立ちを『かわいそう』だなんてこれっぽっちも思ったことがない。

むしろ、オタクのサラブレッドであることを誇りたいくらいだった。

「あ、そっか」

誇りたいのに、隠しているから恥ずかしいのか。

アニオタが恥ずかしいんじゃなく、誇る勇気のない自分が恥ずかしかったのだと、唐突に気づかされた。

「ふふ。なんだか、こうしてみんなで出かけると楽しいですね」

「これから月イチで、えのき荘でオリエンテーリングみたいなことやるか」

大家と管理人はノリノリだった。

奏はオシャレ上級者らしく黒のチェスターコートにグレーのパーカーをインした、モデルさながらのキレイめコーデ。

芽衣は、素朴な山ガール風。

タマちゃんは黒のダッフルコートで全身黒ずくめ。でも、オシャレに手を抜いているわけではなく、素材やデザインへの強いこだわりが独特のセンスになっていた。

そして、涼太はカーキのモッズコートとエンジニアブーツ。髪にはヘアピン。祭典は寒いし、歩くので、機能性重視のコーデで勝負だ。

四人は年齢もファッションの好みもバラバラなので、パッと見、どういう集団なのかと周囲からは謎に見えていることだろう。

バラバラなのに、えのき荘つながりの輪はサイコーに居心地がいいと涼太は思った。

「あら、ホタル？」

ここで不意に、源氏名を呼ばれた。

開いた扉の向こうに、見知った顔があった。

「えっ、真悠子さん？」

いつの間にか、電車は途中駅に停車していた。ホームの駅名標を見ると〝品川シーサイド駅〟となっていた。

「こんな偶然あるの、ウソみたい。ホタルだよね？」

親しげに話しかけながら、四十代半ばくらいの大人かわいい美人がキャリーバッグを引いて車内に乗り込んできた。

涼太にとって大切なエース（一番の太客）の、真悠子だった。

真悠子は外資系企業の管理職で、バツイチだ。つい最近、ロングヘアをバッサリ切ってフェミニンボブになったら、五歳は若く見えるようになった。

涼太は一瞬で〝イケてる大卒ホスト・涼城ホタル〟の顔になり、頭をフル回転させて、真悠子と今朝がたやり取りしたメッセージのあれこれを思い返した。

確か……。

そう、真悠子さんの住まいはこのあたりのタワーマンションだ。今日から実家に帰省すると言っていた。

どこだったか、博多(はかた)……、違う、小倉(こくら)だ。

「おはよう、真悠子さん」

「おはよう、ホタル」

今日の涼太は私服なので、たいていの姫はこうして町でばったり会ったとしても、自分の担当ホストだと気づかないはずだ。

でも、真悠子さんとは営業時間外に私服で何度も会ってるかんな。

他人の空似をゴリ押しするわけにもいかなかった。

「持つよ、そのキャリーバッグ」

涼太はさりげなく、真悠子が重そうに運んでいるキャリーバッグを預かった。

「ホタルが午前中に出歩いてるなんて珍しいね？　朝帰り？」

真悠子がわずかに顔を近づけて、涼太から女の匂いがしないかを確かめる。

涼太は真悠子に色恋営業をしかけていた。独占欲の強い真悠子は、そんな涼太をお金のかかるペットだと公言してはばからない。

ペット呼ばわりされて、不愉快じゃないのかって？

ゼンゼン。それで姫ちゃんが笑顔になってくれんなら、湯水のようにお金を使ってくれんなら、ペットで十分。

真悠子は、ＩＴ長者の元夫から毎月多額の慰謝料をもらっていた。そのお金でホスト遊びをすることが、元夫への復讐になると考えているようだった。

「やだなー、朝帰りなんかじゃないよー。真悠子さん、これから羽田だよね？　今日からだよね、小倉に帰省するのって？」

「そう。年末年始のハワイ旅行、ホタルに断られちゃったからね」

あったりまえ、年末は祭典があるんだから旅行なんて行ってられないよ。

「ごめん、ごめん。その穴埋めにさ、お見送りに来たんだよね。真悠子さんさ、品川シーサイドの近くに住んでるって聞いてたから」

「はいはい、そういう適当なウソはいいから」

「ウソじゃないってー、そういう気持ちでいたのはホントだってー」

真悠子はペットに下手な駆け引きを求めていないので、ストレートに甘えることが一番のもてなしになった。

「それよりも、ホタル」

「なにー？」

「ご一緒にいるお嬢さんはどなたかしら？」

そう言って、真悠子が芽衣に笑いかけた。

その目がまったく笑っていないのは、芽衣が涼太の腕に庇われるようにして立っていたからだろう。

「あ、あの、わたし……」

こうした修羅場に慣れていないであろう芽衣の声は、上擦っていた。

「あー、あのね、このコは……」

シェアハウスの管理人さんだよ、と涼太は正直にえのき荘を語ろうとした。

ところが、

「どうも、ホタルの兄です。長男です。いつも弟がお世話になっております」

と、突然、奏が話に割って入ってきた。

しかも、バリバリのキメ顔だ。フェロモンの無駄遣い。

「まぁ、お兄さん？」

真悠子が頬を赤らめた。

「どうも、弟です。三男です。いつも兄がお世話になってます」

今度は、タマちゃんが名乗った。

顎を突き出すように小さく頭を下げて、ペコッと。

「まぁまぁ、弟さん？」

タマちゃんの独特の雰囲気に、真悠子は興味をそそられたようだった。

「わ、わたしは妹です。長女です。兄がいつもお世話になっております」

流れを読んで、芽衣までも。

なぜだか、手を挙げて名乗っていた。

「あらまぁ、妹さんだったの？」

マウントを取った真悠子が、たちまちやさしい顔になる。

ナニ、この展開、電車の中がカオスなんだけど。

「どうも、次男のホタルです。今日はね、兄弟でお出かけなんだ」

涼太は自分の太ももをつねって、笑い出しそうになるのを必死にこらえて言った。

「ご兄弟で仲がいいのね。お出かけは、どちらへ?」

真悠子にきっと、他意はない。素直に気になったから訊いただけなのだろうが、涼太の口もとがすいっと引き締まった。

ちらり、と涼太は奏を見たけれど、今度は助け船はなかった。

自分の口で言えって?

ここで祭典へ行くことを否定すれば、この車内に多く乗り合わせているだろう同好の士をすべて否定することになる。オレの言葉で、また誰かが傷つくかもしれない。

涼太はそう長く迷うことなく、答えた。

「冬の祭典に行くんだ」

「冬の祭典?」

「そー、アニメの同人誌を買いにね」

「アニメの……同人誌……」

「ウチの家族の、毎年の恒例行事なんだよね」

涼太の告白に、真悠子はちょっとかわいいくらいにポカンとした顔をしていた。

「アハハ、真悠子さん、その顔は反則だって。いつものキリッとした顔もいいけど、そういうのもあどけなくていいね」

けれど、涼太が何を言っても、真悠子はもう唖然としたままで何も言わなかった。

……ドン引きって顔か。

それでも、涼太はすっきりしていた。

アニメのこと、口にしてしまえば簡単なことだった。

胸を張って、ありのままの自分を見せた。これで来年から真悠子が来店してくれなくなるのだとしたら、仕方がない。

また次のエースをさがせばいいだけだ。売り上げとナンバーは落ちるけれど、何かを否定して誰かを傷つけるより、よっぽどすっきりする。

ガクン、と電車が停車する振動が起こった。

「あ、天王洲アイルだわ」

真悠子がきれいに手入れされたネイルの手で、涼太からキャリーバッグを引き取った。

「降りなきゃ。わたし、ここでモノレールに乗り換えだから」

「うん。気をつけてね、よいお年を」

「ホタルもね」

真悠子が涼太に背中を向けた。

「いってらっしゃい、真悠子さん」

また来年会おうね、という言葉は心の中のみに留めた。

その台詞は、今の自分からは言う資格がないと思った。

「ホタル」

赤いハイヒールでホームに降り立った真悠子が、扉の閉まる直前に振り返る。

「お土産買ってくるね、何がいい？」

「オレのとこに帰ってきてくれるだけでいいよ、真悠子さん」

涼太が手を振ると同時に、扉が閉まった。

ゆっくりと電車が走りだし、手を振り返す真悠子はすぐに見えなくなった。

ガタンゴトン。

ガタンゴトン。

ガタンゴトン。

それからどれくらいの間のあとか、芽衣がこらえきれなくなったように目頭を押さえてまくしたてた。

「涼太さん、カッコよかったです！」

「あざっす」

「アニメオタクだってこと告白するシーンもよかったですけど、最後の、あの扉が閉まる寸前のセリフが少女マンガみたいで……！」

「狙いすぎ」

ぼそっ、とタマちゃんが言った。

「バッカだね、タマちゃん。ああいうシーンで狙わずに、いつ狙ったこと言うのよ」

「ホストって怖い仕事だと思いました」

「オレも思ったわ、やっぱホストはできねーわ」

奏があきれ顔で、タマちゃんに同意していた。

「そーゆー割に、兄ですって言ったときの奏さん、めっちゃキメ顔してませんでした？」

「いちおう、ホストになりきってみた」

「やめて、真悠子さんはオレの姫っすよ」

「別の人格になれるってのは、まぁ、悪いもんじゃねーな」

「そうっしょ。ホストって、ある意味、コスプレっすからね」

姫の憧れの王子像を演じるプレイヤー。

姫を喜ばせて、笑顔にして、涼太はこの仕事を天職だと思っている。

「オレが次男で、長男とか三男とか、妹とか、なーんか今のちょっと三ツ星のグルメっぽくて笑えたなー」

ってことは、真悠子さんはゾンビ？

「まあ、あの人、ラスボス感あるかんな」

「あの、涼太さん、さっきのはただの棒読みじゃないですよね？」

「さっきのって？」

「真悠子さんに対しての。無事の帰りを待ってるってことですよね？　真悠子さんのこと、大切に思ってるんですよね？」

「んー、どっかなー」

「ええっ」

「管理人さん、気をつけなね。オレみたいなオトコに騙されないようにね」

涼太は意味深に笑って、モッズコートのポケットに手を入れた。

すると、つっこんであったスマホが振動した。

「あ、真悠子さんからメッセージだ」

開くと、たった一行だけ。

ペットのくせにナマイキ

「ハハ、やっぱラスボスだわ」

涼太は真悠子に、さびしくて震えている猫のスタンプを返信した。

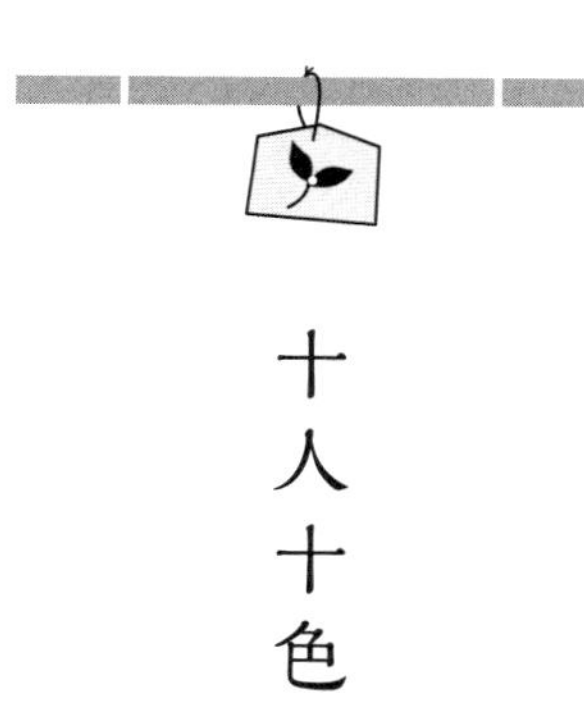

十人十色

二世タレント。

二世ミュージシャン。

二世議員。

二世オタク。

この世の中、二世と呼ばれる人たちは結構多い。

親の七光で活躍している場合もあるだろうが、自分で自分を磨き続けなければ、光はいずれ曇ってくる。各業界で消えずに残っている二世は、本人にも何かしらの才能があるということなのだろう。

才能は遺伝する。

けれど、情熱は遺伝しない。

「と思う」

これは、タマちゃんが長い浪人生活の末にたどり着いた真理。

「親がその職業に向けた情熱を、二世が受け継ぐとは限らないですよね」

むしろ、親の職業にまったく興味を持てない二世だっているはずだ。

「興味がないのに、なんで親の仕事を継がないといけないんですかね」

午前一時の、えのき荘。

タマちゃんは大学入試センター試験の赤本をめくりながら、つくづく思う。

「親が医者だから医者になるって、意味わかんないんですけど」

タマちゃんこと、二〇三号室の座敷わらし、安堂環（あんどうたまき）。二十二歳。

医学部を目指して四浪中。

「ってことに、いちおう、なってはいますけどね」

実のところ、医学の道にミジンコほどの興味もない。

環の両親も、祖父も、曾祖父（そうそふ）も、兄も医者だ。ひと口に医者と言っても専門分野がいろいろあるが、すでに引退している曾祖父と、その跡を継いだ祖父は外科医（開業医）で、父と兄は外科のうちの心臓（しんぞう）外科医、母は小児外科医として大学病院で日夜命の重さと向き合っている。

テレビドラマさながらに権力争いばかりに目が向く医者も少なくない中で、環の家族は病（やまい）から人々を救うことが自分たちに課せられた使命だと信じて疑わない、崇高（すうこう）な志（こころざし）の一族だった。

外科医として自分たち一族が腕を磨けば、ひとりでも多くの命を救えるって？

「本当にそうなの？　そう思うのって、おこがましいことなんじゃないの？」

医者の手は、神の手じゃない。

医者はあくまで医療行為に従事する人であって、神にはなれない。

「どれだけ腕を磨いても、救えない命もありますよね」

環は、医者だけが命を救う職業とは思っていない。

また、救われるべきは命だけだとも思っていない。

「たとえば、心とか」

心が救われることで、命が救われることもある。

「オレ、天邪鬼（あまのじゃく）なんですかね」

環は誰に問うでもなくぼそぼそとつぶやいて、手にしていたシャープペンを指先でくるりと回した。

◇

一月松の内、午前七時五分。

銀世界の東京。

芽衣(めい)はオーバーオールにオレンジ色の軽量ダウンジャケットを羽織り、首にはマフラーをぐるぐる巻きにして、えのき荘と縁切り榎(えのき)周辺の雪かきをしていた。

「知らなかった、東京も雪が降るのね」

まぁ、こんなのは雪のうちに入らないけれども。

昨日の夕方から本日未明にかけて降り続いた雪、およそ二十センチ。

会津(あいづ)生まれ、会津育ちの芽衣からすると、

「一晩中降ってたのに、たったそれっぽっち？」

というのが正直な感想だったが、昨日からテレビでは首都圏の交通網が大混乱している様子や、国土交通省が不要不急の外出を控えるよう呼びかけているというニュースで持ち切りだった。

猛烈な寒波(かんぱ)襲来で明け方には氷点下になるとも言われていたので、芽衣は寝る前にお風呂場と庭の水道の蛇口をひねって水をちょろちょろと出しておいた。家庭内にいくつかある水道のうち、一カ所でもいいので少量の水を流し続けておけば、水道管が凍結するのを防ぐことができるからだ。

『すっげー、管理人さん！　おばあちゃんの堪忍袋！』

と、涼太から褒められた。

知恵袋だと思いますし、わたし、おばあちゃんでもないんですけれども。

水道管が破裂すると出費の面でも暮らしの面でも負担が大きいので、冬の寒さが厳しい地域に暮らす者にとっては、水のちょろ出しは当たり前の予防策だった。

年が明けても、涼太は一向にえのき荘を出て行く気配がなかった。

アニメから卒業はできなくても、アニメオタクであることをホストクラブの姫たちにカミングアウトしたことで、涼太はカッコつけマンだった自分と縁を切ることができた。真悠子をはじめ、どの姫も、この程度のことでは涼太から離れていかなかったそうだ。

それどころか、〝イケてる大卒ホスト・涼城ホタル〟から〝イケてる大卒『アニオタ』ホスト・涼城ホタル〟に覚醒したことで、よりキャラが立ってかえって指名が増えたという話だった。

『でもね、オレはまだえのき荘を出ていかないかんね』

涼太は言う。

『まだホスト王になってないかんね。その良縁を結ぶまでは居座るんで、よろしく』

幸い（？）、今のえのき荘には空き部屋があるので、無理に追い出す理由もなかった。

縁切りが済んだ下宿人は、すみやかにえのき荘にさよならすることがルールになってはいるが、空き部屋ばかりでは家賃収入が減る一方なので、

『特例だ、もうしばらく置いてやる』

と、大家の奏は涼太の主張をあっさり容認。

さすがは守銭奴、という言葉が喉まで出かかったものの、管理人の芽衣としても、えのき荘のムードメーカーである涼太がいてくれるのは素直にうれしいことだった。

涼太は、こんな風にも言っていた。

『それにさ、いよいよ受験シーズンってときにシェアメイトが入れ替わったりしたら、タマちゃんも落ち着かないっしょ』

気遣いのできる涼太ならではの、心くばりだった。

今のえのき荘の日常をそのまま維持することが、受験生の環を最大限バックアップすることになるのは間違いなかった。

「センター試験まで、あと一週間だものね」

今年こそ、タマちゃんにサクラが咲きますように。

プレッシャーをかけてもいけないけれど、腫れ物に触るように接するのも違うので、奏も芽衣も涼太も努めてありふれた日常生活を送るように心がけていた。

「よーし、タマちゃんが予備校に出かけるまでに雪かきしておかないとね。滑ってケガでもしたら……ハッ」

芽衣は口もとを押さえた。

受験生に、滑る、は禁句だ。

「こ……転んでケガでもしたら……」

転ぶ、も禁句？

「えーっと、えーっと」

言葉選びに悩む芽衣の真後ろで、えのき荘の東隣に植わる縁切り榎の枝から、ドサドサッ、と雪の塊が落ちてきた。

「冷たっ！　首もと目がけて雪玉が落ちてき……ハッ」

落ちる、は絶対にダメ！

芽衣が必死に頭の中の国語辞典をめくっていると、コミュニティ・センターで山田のおばあちゃんと一緒に手作りした正月飾りを掲げている玄関の引き戸が、内側から開いた。

「あれ、管理人さん」

「わっ、タマちゃん！」

「部屋にいないと思ったら、寒いなか、外で何してるんですか？」

「あっ、えっと、みなさんが雪ですべ……、す……、スケートすることにならないように雪かきを……」

「あぁ、ゆうべの雪、すごかったですもんね。雪かきしなきゃならないくらい積もったんですね」

「そうなんです、アハハ」

噂をすればなんとやら、ちょうど環は予備校へ出かけるところのようだった。

今日も全身黒ずくめで、すだれのような前髪だ。いつも猫背ではあるけれど、寒さのせいか、一層背中を丸めていた。

芽衣はスコップを振るって、環の足もとの雪をせかせかと除けた。

「管理人さん、そのスコップ重くないですか？」

「大丈夫です。わたし会津の出身なので、雪かきには慣れてますから。こうして、穴を掘る要領でやるんですよ」

「すみません、オレが手伝えればいいんですけど」

ペコッ、と環が顎を突き出すように小さく頭を下げた。

「そんな、いいんです！　気にしないでください！　今のタマちゃんの手は鉛筆を握るためにあるんですから。スコップなんて握ってる場合じゃないんですから」

言ってしまってから、それもなんだか追いつめているような言い方だなと、芽衣は激しく後悔した。

奏や涼太はこれまでに環の受験を経験しているので、ありふれた日常生活の送り方がわかっているが、芽衣は初めてのことなので戸惑っていた。

「あの、今のは……、その」

「ふっ。管理人さん、落ち着いて」

環が、すだれのような前髪の下で笑ったようだった。

「は、はい。すみません」

「雪って案外重いですから、涼太さんが起きたら手伝ってもらうといいですよ。あの人、あれで結構な力持ちなんで頼りになりますよ」

「それは頼もしいですね。涼太さん、雪がやんだら雪だるま作るって張り切ってたんで、あとで手伝ってもらいますね」

「ぎっくり腰には気をつけて」

「ふふ。そんなことになったら、まずはタマちゃんに診てもらいます」

先日、指先を火傷して絆創膏を貼ってもらったときのように、芽衣は環のムダのない手当てがあれば心強いと思った。

ところが、環が両手に白い息を吹きかけながら、ひと言。

「オレ、医者にはなりませんよ」

「……え？」

「オレが受けようと思ってるの、医学部じゃないですよ」

「……ええ？」

「ウチ、両親が医者なんです。兄も、おじいさんも、ひいおじいさんもなんですけど」

環の家が医者一族なことは、涼太から聞いていた。

「でも、だからって、オレまで親の敷いたレールの上を走らなくちゃいけないとか、おかしくないですか？」

「親の敷いたレール……」

芽衣は自分の胸のうちを言い当てられたような気がして、ダウンジャケットの胸もとを片手でぎゅっと握りしめた。

「オレは、オレです」

わたしは、わたし。

芽衣が言葉に詰まっていると、環が黒い大きなリュックからスマホを取り出して時間を確認した。

「あ、オレ、もう行きますね。電車も遅れてるだろうし、走ると滑りそうだから、今日はいつもより早めに出ようと思って」

「あ……、はい、いってらっしゃい」

「はい、いってきます」

受験生が自分で『滑りそう』って。

猫背の背中が表通りに見えなくなるまで見送った芽衣は、環に言われた言葉をひとつひとつ思い返してみた。

「医者にはなりませんよって、タマちゃんは医学部を目指してこの四年間頑張ってたんじゃ……ないの？」

医者になるために、タマちゃんは医学部へ行く。

芽衣はそう思っていたけれど、それは親が敷いたレールだった。環に医者になるつもりはなかった。

今の会話は、そういうことだろう。

「大家さんは……、知ってるのかな」

「ああ？　オレがなんだって？」

「えっ、あっ」

背後から声がして振り返ると、これまた噂をすればなんとやら、奏が小走りになってえのき荘から出てきたところだった。

「なぁ、環ってもう出かけた？」

「あ、はい。たった今」

「マジかよ。一緒に出ようって話してたのに、着替えてる間に先に行かれちまった」

「いつもより早めに出るって言ってましたよ」

「オレも早めに出る。この雪じゃどうなるかわかんねーけど、今日はテレビのロケに同行する予定になってっから」

「あの、大家さん」

「ああ?」

環に置いて行かれたことがよほど不愉快だったようで、第六天魔王はいつもよりも三割増しで目つきと愛想が悪かった。

「あ……、いえ、なんでもないです」

下宿人の進路にいちいち口を出すのは、余計なお節介だ。きっと。

「今から向かえば、追いつけると思いますよ。転ばないように気をつけてくださいね」

「そうじゃねーだろ。お嬢のその顔、なんか言いたいことあんだろ」

「えっ……と」

目つき、愛想、加えて性格も悪いくせに、こういうときだけやさしいんだから。

「五秒以内に言え、さもないと減給」

「えっ、ちょ!　なんで減給!?」

「オレの貴重な時間を買ったと思え」

やっぱりやさしくない!　守銭奴!

「三、二……」

「わーわー、タマちゃんのことです！　タマちゃんがお医者さんにはならないって言ってました！」

「環が？」

「はい。親の敷いたレールの上は走りたくない……そうで」

「あっそ」

いつものように、奏はそっけなかった。

「わたし、タマちゃんは医学部を目指してるとばっかり思ってたんですけれども」

「ウチに入居するときの面談では、そう言ってた。って、ばーちゃんが言ってた」

「医学部志望って？」

「それも、受かればどこでもいいってわけじゃなく、旧帝大の理科Ⅲ類じゃねーとダメなんだと」

「理科Ⅲ類！」

世間知らずの芽衣でも知っている、言わずと知れた日本最難関の学部だ。

「環がウチに引っ越してきたのは、高校を卒業してすぐのことだった」

「四年前……ですね」

「現役での受験に失敗して、自分を追い込むためにも、浪人って肩書と縁を切るためにも、縁切り榎に願掛けしたいって。ばーちゃんとの面談ではそう言ってたらしいが、ぶっちゃけ、浪人生なんて世間体悪いってんで親に家から追い出されたんだろうな」

「そんな、浪人生のどこを世間体が悪いって言うんですか」

親の敷いたレール。

世間体を気にする親。

芽衣は環の置かれた立場を他人事(ひとごと)とは思えずに、スコップの柄を両手で握りしめた。

「毒親なんて、珍しいもんじゃねーだろ」

「毒親……」

奏が、まっすぐに芽衣の目を見ていた。

目つきは悪いくせに目が死んでいないので、芽衣は奏に心の中を見透かされているようで視線を逸(そ)らした。

「環が医者にならないって言うんなら、別にそれでもいいんじゃねーの？」

「そう……ですね。ご両親はご両親ですし、タマちゃんはタマちゃんの夢を追ってほしいって……心から思います」

「駕籠に乗る人担ぐ人、そのまた草鞋を作る人」

「なんですか、それ」

「ばーちゃんの口癖。シェアハウス、つか、ばーちゃんは下宿屋って言ってたけど、そんなんやってると、十人十色だってつくづく思うよな」

　本当に、そのとおりだ。

　駕籠（今なら、タクシー？）に乗る人がいれば、担ぐ人（ドライバー？）もいる。十人いたら、十人ともに違う人生がある。

　芽衣がおばあちゃん大家さんの言葉を胸に刻んでいると、奏がまだ誰にも踏まれていない縁切り榎の参道の新雪を踏みだした。

「親の敷いたレールって、こういうことだろ。オレの踏んだ足跡の上を、子どもにも歩かせるみたいな」

「でも、子どもは誰かが踏んだ跡なんかつまらないから、こうやって」

　言いながら、芽衣は奏の足跡を除けて、鳥居の外側の新雪を踏んだ。

「自分だけの道を歩きたがるんだと思います」

　それが『オレは、オレ』ということ。

それが『わたしは、わたし』ということ。

「タマちゃん、何学部を目指してるんでしょうね。何を勉強したいのかな、何がやりたいのかな」

「環が帰ってきたら、本人に訊いてみれば？」

「でも……。管理人が進路に口出しするのは、余計なお節介なんじゃ……」

「環に世話を焼けるのも、今年が最後だろうし」

奏は、環の合格を信じているのだ。

「今は、必要なお節介を焼くときなんじゃねーの？」

「必要な……」

タマちゃんは今、人生最大の岐路に立っている。

芽衣も、そう。これまでの一本道にはもう引き返すことができなくて、前に行くしかないのに、目の前の舗装された道ではなく、脇道に入ろうとしていた。

この脇道はたぶん、獣道で、いばらの道だ。

「……わかりました。わたしなりにできることをやってみます」

「おう」

奏が手を軽く挙げて、表通りを行く。

「んじゃ、いってきます。もう環に追いつけねーかな」

「いってらっしゃい。慌てずに、お気をつけて」

たくさんの人が行きかう、旧街道。

駅までだらだらと続く上り坂は銀世界で、雪に足を取られないように、みんなペンギンのような歩き方をしていた。

その足が進む人生は、十人十色。

午前八時四十二分、新宿駅西口。
いつもならえのき荘から予備校まで四十分少々で到着するところ、今日は大雪の影響で一時間半近くもかかった。
「雪、おっかない」
環は予備校の建物前を通り過ぎながら、独りごちた。

講義が始まるのは九時三十分からだったが、環はいつも八時二十分には到着し、予備校の近くにあるコーヒーショップで一時間ほど自習をするようにしていた。

朝のこの一時間は、環にとっては劇的に勉強がはかどる時間でもあった。

「本気で集中していれば、学科試験の勉強は一時間もあれば十分ですから」

だらだらと机に向き合っている数時間と、本気で集中する一時間なら、後者の方が断然学習効率がよかった。

曲がりなりにも、現役時代は理科Ⅲ類を目指していたので、環は大学入試センター試験にはなんの不安もなかった。

問題は、その後の個別学力検査だ。いわゆる、実技試験。

一浪目までは親の言いつけどおりの大学に出願していたが、二浪目で初めて自分の受けたい大学に願書を提出し、実技試験の一次であえなく落ちた。

「当たり前。趣味レベルで受けて、いきなり受かるわけがないんですよ」

環が目指しているのは、美術学部だ。親の見栄やら、一族のしがらみやらから脱却し、油彩の勉強をすると決めた。

そこで、三浪目の一年間はアルバイトに明け暮れて学費を貯め、四浪目の一年をかけて芸大・美大進学コースのある予備校でみっちり実技の基礎を学んだ。

実は、環は中学のときは美術部にいた。小さいころから兄は生き物や昆虫の生態に興味を持ったが、環は生き物や昆虫の造形の方に目が行き、三十六色入りの色鉛筆でスケッチすることが好きだった。

高校でも美術をやりたかったが、親からは兄がかつて在籍していたのと同じ弁論部へ入るように言われた。

「オレ、人前でしゃべるの得意じゃないのに」

結局、入部はしたものの、幽霊部員のままで三年間が終わった。

「高校生活は、今思い返してもサイアクな三年間でしたね」

当時のことを思い出すと、環の口からはため息しかこぼれなかった。

「はぁ……」

ダッフルコートのポケットに両手を突っ込み、背中を丸めて、環はコーヒーショップの自動ドアの前に立った。

「いらっしゃいませ」

自動ドアが開くと同時に、はつらつとした声に迎えられた。

ふだんなら朝の時間帯でもそれなりににぎわっている店内が、今日は記録的な大雪とあって閑古鳥が鳴いていた。スタッフも、年若い男性店長ひとりしかいなかった。

「雪、すごいですよね。こんなに積もるなんてびっくりですね」

店長は環に気さくに声をかけながら、レジ横のショーケースにベーグルやスコーンなどの軽食を並べていた。

「そうですね」

とだけ答えて、環は黙り込んでしまった。

こういうとき、もう少し気の利いた受け答えができるといいのだが、環は何しろ人前でしゃべることが得意ではないので気が動転してしまうのだ。

「いつもの、ホイップ多めのカフェモカでよろしいですか?」

「あ、はい」

環が注文するより先に、店長がいつものメニューを言い当ててくれた。

カフェモカは、エスプレッソにホットミルクとチョコレートシロップを加えた甘いコーヒーだ。脳に糖分を補給できるし、カフェインで集中力も増すので、受験生にはうれしい飲み物だった。

店内に漂うコーヒーの香りと、耳に心地よいクラシック音楽の調べ。

環にとって毎朝のこの時間は、貴重な自習時間であるとともに、世間体の悪い浪人生から夢を持った受験生に気持ちを切り替えるための、大切なルーティンでもあった。

「お待たせしました、どうぞ」

「え……。これ、サイズが」

いつも環が頼むのはトールだが、グランデが出てきた。

「今日はご覧のとおり、お客さんの出足が悪いんで、サービスです。飲みきれなかったら、持ち帰ってください」

店長ににっこりとした笑顔で言われて、環は素直にペコッと頭を下げた。

店長は環がすぐそばの予備校の生徒であることを知っているはずなのに、ただ『持ち帰ってください』と言うだけで、『予備校に』という部分にはわざわざ触れない。

こういう距離感は助かる、と環は思う。それでいて、常連客のドリンクの好みはしっかり把握しているのだから、接客業の鑑と言うべき人だ。

環はいつもだったら店内の一番奥の壁際に座るのだが、今日はいかんせんガラガラなので、通りに面したカウンター席で参考書を広げた。

「ここの店長さんって、ちょっと奏さんに似てる……かも」

顔ではなく、雰囲気が。えのき荘の大家である奏も、下宿人の肝の部分にうかつには触れてこない。

でも、環が甘党なことや、インゲンやグリンピースなどの青臭いものを苦手にしていることなど、食の好みはちゃんと頭に入っている。

「母さんの知らないことも、知ってくれているんですよね」

言葉にしてしまうと、なんだか無性に虚しくなった。

オレの親は、オレのことを何も知らない。

今もまだ、池袋の予備校に通っていると思っている。仕送りだけは糸目をつけずにしてくれているが、それも環の将来を想ってのことではなく、世間体を保つため、自分たちの保身のためでしかない。

おととし、池袋の予備校を辞めてから、環は仕送りには一切手をつけていなかった。

大学に合格したら、全額を返すつもりでいた。

親に、進路について口出しさせないためだ。自分で稼いだお金で、自分の決めた志望校に進学すると決めたのだ。

自分にとって、家族ほど遠い他人はいない。

「えのき荘のみんなの方が、よっぽど近い他人なんですよね」

『よっぽど近い家族』でないのは、えのき荘は家族ごっこをする場所ではないからだ。

悪縁を切りたい人たちが、ほんのひととき、同じ屋根の下に集っているにすぎない。

下宿人は心に闇（やみ）を抱えた人たちの集まりだから、そのあたり絶妙なバランスで距離を保ち合っていた。自分がやられて嫌なことは、他人にもしないという不文律があった。

「涼太さんはああ見えて、オレが知っている下宿人のなかで一番繊細な人だし」

すでにえのき荘にさよならしたるりっち、そして、保奈美（ほなみ）も女性ならではの繊細さがあったが、同時に女性ならではのしたたかさもあった。

けれど、涼太には繊細さしかない。

「あれでしたたかさを手に入れられれば、ホスト王も夢じゃないんだろうけど」

やさしすぎる。でも、そこが涼太の魅力だと環は分析している。

「そういえば、暮れに連れて行ってもらったオタクの祭典。楽しかったな」

環がマンガを描くことはないが、絵画とはまた違うイラストの世界にとんでもなく刺激を受けた。夏にも開催されるようなので、また行ってみたいと割と本気で思っていた。

「電車の中で、涼太さんの姫に会ったのも楽しかったし」

阿吽の呼吸で兄弟のフリをするみんなのアドリブ力は、なかなかのものだった。

あのとき、先陣切って涼太に助け船を出したのは奏だった。

やっぱり、奏さんは下宿人のことをちゃんとわかっている。痒いところに手が届くと言うか、こちらがやってほしいと思ったことを、きっちりやってくれる安心感があった。

「奏さんを置いて出かけちゃったけど、怒ってますかね」

今朝がた、奏に着替えてくるから待っていてくれと言われたが、オシャレ番長の着替えはめちゃめちゃ時間がかかるので、環は先に出かけてしまった。

それで、門前で雪かきしている管理人の芽衣と立ち話をしたのだった。

今日の芽衣は、環の前で『滑る』『落ちる』などの言葉を使わないように配慮してくれていたようだが、完全に目が泳いでいた。医学部を受けないと言ったときは、もともとまん丸などんぐりまなこが、輪をかけて丸くなっていた。

「管理人さんは……、たぶん、オレと同じだから」

芽衣は管理人なので、下宿人たちのように縁切り榎にすがってえのき荘にいるわけではないのだろうが、なんとなく感じるものがあった。

「しがらみで……、がんじがらめになっているんじゃないんですかね」

他人の顔色をうかがいがちな芽衣を見ていると、まるで自分を見ているみたいだった。

環はそうした自分の表情を隠すために、前髪を長く伸ばすようになった。鎧兜のようなもので、表情だけでなく、自分の弱さをすべて隠して、守ってくれるようで。

「この前髪とも、いずれは縁切りできますように」

環は長い前髪を撫でつけながら、これからのことを考える。

「えのき荘はとても居心地がいいけれど、いつまでも居ていい場所ではないから」

悪縁を切った者から、順番に出て行かなければならない。

そうすれば、また新しい下宿人がやって来る。

吐き出された闇を吹き流すように、風は常に流れているべきなのだ。

大家の奏と、管理人の芽衣は、そうした風の行方を見守る役目にあった。できれば、これからもずっと、ふたりには二人三脚のままでいてもらいたい。

「っと、集中、集中」

志望校に合格して、春にはえのき荘を出て行けますように。

環は甘いカフェモカをすするのだった。

午前九時三十分、芸大・美大進学コースの授業が始まる。

絵画表現を学び、構図の取り方を探り、ひたすらドローイング。

午後四時三十分、芸大・美大進学コースの授業が終わる。


午後十時四十五分、板橋駅西口。

環は大衆居酒屋の厨房で、皿洗いのアルバイトをしていた。

「環、それ洗ったら、今日はもうあがっていいぞ」

カウンター席に座ってテレビを観ていた大将が言った。

「いえ、でも、まだ十一時半まで時間がありますから」

「この雪だ、今夜はもう客も来ねぇよ。早く帰んな」

実際、そこそこ広い店内に客はいなかった。先ほど、ふだんは長尻の常連客たちが早めに帰ってしまったので、大将はすでに炭火の火を消していた。

大将は四捨五入すると古希になる白髪頭、頑固者で競馬好き。炭火で焼く焼き鳥が人気の居酒屋は、地元の人たちから愛されて、もう三十五年になるそうだ。

「環くん、これ持って帰って。ひじきの煮物ともつ煮込み、余っちゃったから」

「いつもすみません」

「いいの、いいの。こっちこそ、残り物ばっかり押しつけちゃってごめんね」

寸胴鍋の前にいた小太りの女将さんが、ジッパー付きの密閉袋にぎゅうぎゅうにおかずを詰め込んでくれていた。酒の肴用だから味付けはしょっぱいが、環はこれが毎回楽しみでならなかった。

それも、今日で最後だ。

環は食器を洗い終わると、台ぶきんで丁寧に洗い場を拭きながら、ゆっくりと店内を見まわした。

店内は壁一面に短冊状のメニューが貼られ、そのどれもが茶色く日焼けをしていた。よく見ると、ところどころに芸能人のサイン色紙もある。ときどき、町の繁盛店としてグルメ番組などから取材を受けることがあるらしいのだ。

この店が地元から愛されるのには、それだけの理由がある。

味と、人情。

「大将、女将さん、二年間お世話になりました」

環は猫背を伸ばすと、できるだけ大きな声で礼を述べた。

大将はテレビから環にちらりと視線を動かしたが、何も言わなかった。その代わりに、女将さんが、

「いやだよ、環くん。改まって言われると、さびしくなっちゃうじゃないのさ」

と、目頭を押さえて環に背中を向けた。

「いろいろとわがままを聞いてもらって、本当に感謝しています」

環にとって、板橋駅は新宿の予備校に通うための乗り換え駅だった。

アルバイト先を探して駅周辺をぶらぶらしていたときに、店先に貼られた手書きの求人ポスターが目に留まり、なんとなく応募してみた。すると、

『あんた、まだ若いじゃねぇか。こんな場末の居酒屋なんかじゃなくて、もっと時給のいいチェーン店で働きな』

と、大将にすげなく断られた。確かに、時給は厚生労働省が定める東京都の最低賃金すれすれの額だったが、そんなことが気にならないほどに大将の気風が気に入った。

こんなにあけすけに物を言ってくれる人は、環の周りにはほとんどいなかった。

「おかげさまで、なんとか学費を貯めることができました」

予備校が終わってからの、午後五時三十分から十一時三十分まで。週五、ときどき、週六勤務。浪人中である現状を打ち明け、予備校と進学にかかる学費を稼ぐためにどうしても働きたいと食い下がると、

『そういうことなら、合格するまでな』

と、大将は期限付きで環を雇ってくれた。できれば接客よりも厨房での仕事をしたいという希望も、呑(の)んでくれた。

もっと効率よく稼げるアルバイトがほかにないわけではなかったが、勉強優先で何かと融通を利かせてくれた大将と女将さんに、環は感謝してもしきれなかった。

「ひとまず、受験シーズンの間はお休みをもらって、春になったらまた……」

「おいおい、環、中途半端なこと言うな。お前がウチに来んのは今日でしまいだよ」

「大将……」

「いっとうはじめに言っただろ、合格するまでだって」

大将がねじり鉢巻きを取って、白髪頭をがしがしと掻(か)いた。

「もうすぐセンター試験だ。なぁに、その後の実技試験も、お前だったらなんなく突破できる。環は、今年こそ、志望校に受かんだよ」

「そうだよ、環くん。春からは新生活だよ」

「ピッカピカの大学生が、こんな場末の居酒屋でアルバイトなんかしてんじゃねぇよ。まずは学業だろうが。お前、四浪もしてんのに、さらに落第なんてことになったら目も当てらんねぇぞ」

突き放すような口調なのに、大将の目は真っ赤だった。女将さんはぐずぐずと鼻を鳴らしているし、そういうのを見ると、環まで鼻の奥がつんとなった。

「……ありがとうございます」

今年こそ環が合格すると、ふたりとも信じてくれているのだ。

人から無条件に信じてもらえることが、こんなにもうれしいなんて。

両親は毎日のように交代で電話をかけてきては、

『今年は、大丈夫なんだろうな？』

『今年こそ、大丈夫なのよね？』

と、環に確認をする。そのときの不安そうな声と言ったらない。

だいたい、『大丈夫』ってなんですか。息子の合格を願っているのではなく、自分たちが恥をかかないで済むよう、大丈夫かと確認しているだけですよね？

励ましの言葉すらない。

オレのこと、まったく信じていないんだ。

でも、それでいい。オレも両親を裏切っているんですから。ああ、でも、裏切りというのは信頼があってこその物だとしたら、オレたち親子にはそもそも信頼がないので、裏切りとも言わないかもしれませんね。

きゅっ、と環は奥歯を噛み締めた。

「だけどよ、環」

「……はい？」

「ピッカピカの大学生は金がかかるわな。ほんとはオシャレなカフェーとかでアルバイトすんのが時給もいいけどよ、そういうとこが向かねえってんなら、またウチに来いや」

大将はテレビを観たままで言って、もう環を見ていなかった。テレビでは笑い声がやかましいバラエティ番組をやっていたが、大将は仏頂面だった。

「大将……。カフェーじゃなくて、カフェです」

「どっちだって同じだろうが、ケッ」

環は女将さんと顔を見合わせて笑った。

この人たちのことは裏切りたくないと、強く、強く思った。必ず、今年こそは合格してやる。

「環くん、アルバイトどうこうじゃなくても、たまにはご飯食べに来てよね」

「はい。女将さんのもつ煮込みが、すぐに恋しくなると思います」

「ふふ。男は女に胃袋つかまれると弱いからね、ヘンな女には気をつけるんだよ」

「あー……、はい」

どちらかというと、今の環は男に胃袋をつかまれている。奏の作る朝ごはんは絶品なので、えのき荘を出ることになったら、それこそすぐに恋しくなるだろう。

彼女（なんて、もう何年もいないですけど）より、料理男子の大家を思い出した自分がおかしくて、

「フフ」

と、環は長い前髪に隠れて笑みをこぼした。

「あ、そういえば」

ここで、あることを思い出して、環は店の奥に置いてあった自分の黒い大きなリュックを取りに行った。

リュックには参考書のほかに、シャープペンや蛍光ペンなどが入った勉強用の筆箱と、木炭や練りゴムなどが入った絵を描く用の筆箱、それからスケッチブックといったものがごちゃごちゃに突っ込まれていた。

そんな中から、環はプチプチで丁寧に梱包した雑誌サイズほどの包みを取り出して、女将さんにプレゼントした。

「これ、よかったら、もらってください」

「あらま、これって、もしかして」

「油彩です」

「まぁまぁ、環くんの油絵ね。開けてもいい？」

どうぞ、と環が言うより先に、女将さんは大将の隣に座ってさっそくプチプチを開いていた。出てきたのは、向かい合わせになったF四号の二枚組のキャンバスだった。

「あらあら、二枚あるわね」

「あ、それ、キャンバスの一枚は油絵具の保護用なんで」

環は女将さんの手から、キャンバスクリップで四隅を止めた二枚を一旦引き取った。

油彩のキャンバスを持ち運ぶ方法はいろいろあるが、環は絵を描いた一枚と無地の一枚を向かい合わせにして、キャンバスクリップで止めるようにしていた。キャンバスクリップというのは二枚の間に隙間を作って固定することのできる便利グッズで、油絵具がこすれるのを防止できた。

四隅のキャンバスクリップを外して絵の描いてある一枚を差し出すと、女将さんはすぐにはしゃいだ笑顔になった。

「まぁまぁ、これ、ウチのお店だね」

「表の通りから見た構図です」

「いいじゃないの、ステキじゃないの。あんた、ちょっと見て。ウチがなんだか、高級なレストランに見えるよ」

女将さんにキャンバスを見せられた大将もまた、仏頂面から笑顔になった。

こういう顔を見たいから、環は絵を描く。

「これウチか？　ウチはもっと掘っ立て小屋だろ？」

「さっそく飾らなくちゃね。前に描いてもらった、陽介の自転車の絵の隣がいいね」

「おう、この絵にも陽介の自転車が描かれてるんだな」

「あらま、ほんとだ」

「それ、陽介さんがいたころのお店をイメージしてるんです。だから、お店の外観が今より少しだけ新しくて……」

と言いかけて、環はしまったと思った。

調子に乗って、しゃべり過ぎてしまった。絵は鑑賞する人が物語を想像すればいいのであって、作者が自分の意図を押しつけてはならないと環は思っている。

ましてや、自分は画家じゃない。ただの浪人生だ。

「そうか。陽介がいたころはな、うん、こうやって店前に自転車が置いてあったんだよな。あのころはな、配達もやってたからな」

大将が何度もまばたきしながら、声を絞り出すように言った。

大将と女将さんは、ひとり息子の陽介を十年前に亡くしていた。

突然の病だったそうだ。陽介は調理師専門学校を卒業してから、両親が切り盛りする店の手伝いをしていた。三十四歳、結婚はしていなかった。

「あの、すみません。オレ、出過ぎたことを……」

「ううん、すごくうれしいよ。環くん、ありがとう。この絵にちょうどいい額縁、買ってこなくちゃね。ありがとう」

泣き笑いの顔で『ありがとう』と繰り返す女将さんに、環はどういう顔で応えればいいのかがわからなかった。

ただ、女将さんのこの泣き笑いの顔は、しっかりと覚えておきたいと思った。

環が陽介のことを知ったのは、アルバイトを始めて半年ほど経ってからだった。

ある晩、酔った常連客同士がケンカになって、やむなく警察を呼んだことがあった。床には割れたビールジョッキや皿が散らばり、その後片付けをするだけでも大変だったが、事情聴取というのも結構な時間がかかるもので、気づいたときには環が乗るべき路線の終電が出てしまっていた。

そのときに、大将が自転車を貸してくれた。出前機が付いた古いもので、もう何年も使っていないようだったが、ちゃんと屋根の下に駐輪してあったらしく、躯体が錆びているということはなかった。

『せがれが使ってたヤツだ。今夜はそれで帰んな』

タクシー代を断る環に困り果てて、大将が裏から引っ張り出してくれたのだった。

そのときは『せがれ』について、大将がそれ以上語ることはなかったので、環の方も特に触れなかった。それよりも、出前機付き自転車というのが造形的にとても気になったので、スマホで写真を撮っておいた。

後日、写真に収めた自転車を素描のモチーフにした。これが我ながらよく描けていて、予備校の先生からも高評価をもらったので、いい気になって大将と女将さんに見せようと思った。こういう勉強をしているんですよ、と話しておきたいというのもあった。

『へー、こりゃ天才だ！』

くらいなことを言われるかもしれないって、子どもみたいにワクワクした。

店が暖簾をしまうのを待って、環は素描を見せた。

途端、ふたりの表情からトレードマークとも言うべき威勢のよさが消えた。眉間に深いシワが寄って見えた。

そのシワが涙をこらえるためにできたものだとわかるまでに、そう時間はかからなかった。まず女将さんが風になぎ倒されるように力なく泣き崩れ、それをたしなめる大将の目からも涙が滂沱とあふれていた。

『環、この自転車の絵、もらっていいか？』

大将にせがまれて、環は声を出せずに二度、三度とうなずいた。

『ありがとう。環くん、ありがとう』

あのときも、女将さんはそう繰り返していた。

ふたりには息子がひとりいたが、もう何年も前に病気で亡くなっていたこと。結婚もしていなかったし、孫もいないこと。その息子が出前機付き自転車で配達に出ていたこと……などを初めて知らされた。

『せがれがいなくなってからな、あの自転車を見るのが辛くてならなかったんだが、この絵はなんだろうな、もっと見てたいって思わせやがる』

ふたりの頰はいつまでも濡れていたが、それは悲しみにくれた涙ではなかった。悲しみを乗り越えた涙だと、環は確信した。

心臓は、外科医が治せる。

でも、心は、どんなに腕のいい外科医がメスをふるったところでオペができるわけじゃない。心にぽっかりと空いた穴は、何針縫っても塞がることはない。

でも、絵だったら。

魂を揺さぶる絵だったら、誰かの心を癒すことができるかもしれない。

　崇高な志の医者一族に生まれたにもかかわらず、才能も情熱も何ひとつ親から遺伝しなかった平凡な環が、自分にできること、自分のやりたいことに、ようやくたどり着けた瞬間だった。

「環が偉い画家先生になったら、ウチにある絵がお宝になるかもしれねぇな」

　大将の笑い声で、環は我に返った。

　店内には、相変わらずバラエティ番組のやかましい笑い声が響いていた。店の外がよほど冷え込んでいるのか、窓は結露していた。

『十人十色だね、タマちゃん』

　ふと、おばあちゃん大家さんの声が聞こえた気がした。

　大丈夫、今年は合格します。

「大将、女将さん。合格したら、報告に来ます」

　午後十一時三十三分。

えのき荘には、管理人の芽衣しかいなかった。

正確に言うと、居間のホットカーペットの上で丸まって眠っているノブナガと、ソファに座る芽衣の足もとに寄りかかっているヒデヨシの、ひとりと一匹と一頭。

「大家さんは雪でロケはなくなったみたいだけど、スタジオ撮影で夜中までかかりそうだって電話があったし、涼太さんからは姫とアフターの約束があるってメッセージもらってるし」

芽衣はすることもなく、ぼんやりとテレビを観ていた。

「タマちゃんは、今夜も十二時過ぎかな」

今朝、環を見送ってから、芽衣はずっと考えていた。

今夜、タマちゃんが帰ってきたときに、どういうお節介を焼けばいいのかなって。

えのき荘は一癖も二癖もある下宿人の集まりなので、芽衣が見る限り、これまでの環はみんなの聞き役に回っていることが多かった。あまり自分の話をしている印象がない。

環だってかなり独特の雰囲気があるのだが、たぶん本人はそのことに気づいていないのだろう。平凡な自分（だと思い込んでいる）に、引け目を感じているようにも思えた。

「そんなタマちゃんが、今朝は自分から進路の話をしてくれたんだものね」

管理人として少しは認めてもらえたのだったら、

「うれしいね」

と、芽衣がヒデヨシに話しかけていると、カッチャン、と玄関口から鍵が開く音が聞こえた。防犯のため、えのき荘の玄関は基本的に鍵がかかっているので、各人が持つスペアキーで開けて出入りするようになっていた。

ヒデヨシがいち早く反応して、玄関へ走って行く。

「ワン！」

「ただいま、ヒデヨシ」

「ワン！」

「あー、ほら、靴の紐(ひも)は噛むなって」

環の声だった。

芽衣は、ヨシッ、と気合いを入れて廊下に顔を出した。

「おかえりなさい、タマちゃん」

「ただいま、管理人さん」

「今日はいつもより早いんですね」

「雪が積もってるんで、バイト先の居酒屋が早く店じまいしたんです。あ、そうだ、これ。明日の朝ごはんに、みんなでいただきましょう」

環が差し出した紙袋をのぞくと、ジッパー付きの密閉袋におかずが入っていた。

「わっ、ひじき！　と、もつ煮込みですね！　いつもありがとうございます」

「女将さんは、残り物でごめんねって」

「残り物には福がありますよ。女将さんにも、お礼を言っておいてくださいね」

「今日が最後だったんです」

「え？」

「アルバイト、今日で辞めました」

「あ……。そう、だったんですね」

芽衣は頭を働かせて、環がアルバイトを辞めた理由を考えた。センター試験まであと一週間、おそらくは勉強に集中するため……？

「いよいよラストスパートですものね」

「はい」

環がいつになく、力強く答えてくれた。

たったそれだけのことが、芽衣はたまらなくうれしかった。

「あの、ちょうど今、ココアを淹れようと思ってたんですけれども、タマちゃんも一緒にどうですか？　外、寒かったでしょう？」

タマちゃんは甘い物が好きなので、こんな夜更けでも、あえてココアをチョイス。

「ココア……」

ひと言つぶやいただけで、環はヒデヨシの頭を撫でながら黙り込んでしまった。

断られるかと思ったら、

「部屋に荷物置いたら、食堂に行きます」

と、なんと夜のお茶会への誘いに乗ってくれた。

「はい、待ってますね！」

芽衣は急いで台所へ向かった。

いただきもののおかずを冷蔵庫へ入れて、芽衣は豆乳を取り出した。

「今日のココアは芽衣スペシャルですよ、ふふ」

ココアは牛乳で作った方がコクがあっておいしいのだけれども、時間も時間なので、ヘルシーな豆乳で代用することにした。

あらかじめ用意しておいたミルクパンに豆乳とココアパウダーを入れて、木べらでかき混ぜながら沸騰させない程度に温めれば、ハイ、できあがり。

「ふふ。今夜はタマちゃんにわたしの大事なマシュマロを分けて差しあげましょう」

ココアにマシュマロ、これが最高においしいのだ。白いマシュマロが褐色のドリンクに溶けていくのを見るだけでも、身体が温まりそうだった。

「うん、いい香り」

ヒデヨシは、芽衣の後をついて回っていた。芽衣が冷蔵庫を開けたので、おこぼれで何かおいしいものをもらえると思っているのだろう。

「ワン」

「ダメよ、ヒデヨシはこんな時間に食べちゃ」

「ワン」

「人間だって、本当はこんな時間に甘い物を口にしちゃいけないんだろうけれどもね。保奈美さんがいたら、卒倒するかもね」

ヒデヨシは頭がいいので、芽衣に言われたことを理解すると、すごすご居間のノブナガのもとへ引き上げて行った。

芽衣が食堂にふたつのマグカップを運ぶと同時に、環が二階から下りてきた。

「あ、いい香り」

「そうでしょう？　さぁ、どうぞ」

「どうも。これ、マシュマロですか？」

「そうなんです。マシュマロってコラーゲンと成分が似ているらしくて、お肌にいいんですよ。夜更かしのお供にいいかと思って」

「へぇ」

環が食卓の席に着いたので、芽衣も向かいに腰を下ろした。

シュンシュン、とストーブの上のヤカンが湯気を立てていた。

「うん、おいしいです」

「よかった！　疲れた脳には糖分がいいって言いますし、こういうお夜食でよければ、また作りますね」

「はい、楽しみにしてます」

たわいない口約束だけれど、これくらいのお節介を焼くのでちょうどいいと芽衣は思った。踏み込み過ぎず、でも、手を伸ばせば届くくらいの距離感。

それからポツポツと大雪の話や寒波の話などをして、環のマグカップが空になったのを見計らい、芽衣は立ち上がった。

「タマちゃん、マグカップ、そのままでいいですよ。まとめて洗っておきますから」

「すみません」

「今夜もかなり冷えてますから、暖かくしておやすみくださいね」

「はい、管理人さんも」

環も芽衣につられて立ち上がった。二階へ上がるのかと思ったら、イスに手をかけたま ま、物言いたげに立ち尽くしていた。

その横顔が気にはなったものの、芽衣は気づかないフリをして台所で洗い物を始めることにした。

「管理人さん」

「は、はい！」

「朝の話の続きなんですけど、オレ、美術学部に行きます」

「美術学部……」

「親からは医者になるように言われてたんですけど、親の言うとおりに生きなきゃいけないなんて、そんな法律どこにもありませんよね」

　芽衣は台所の水を止めて、環に向き直った。

　環が、こうして自分から話してくれるのを待っていた。進路が芸術方面というのは、ちょっと想像もしていなかったので驚きを隠せないけれども。

「美術学部ということは、絵を描く勉強をするんですか？」

　とっさのことで、芽衣にはほかにどういうジャンルがあるのか、すぐには思いつかなかった。デザイン、彫刻、工芸……。

「油彩を、油絵を勉強したいと思ってます」

「あっ」

「え？」

「あぁ、いえ、だからなんですね。前に、タマちゃんが着ていた黒いトレーナーの袖に、青いシミが付いていたことがあったんです。アルバイト先で付いたのかなって思ってたんですけれども、居酒屋さんで青いシミっていうのも珍しいなって」

「よく見てますね」

「えっ、あっ、気持ち悪いこと言ってすみません！」

「いえ、むしろ、うれしいです。気にかけてくれてたわけですから」

言いながら、環は今着ている黒いカーディガンの袖まわりを確認していた。

「タマちゃんは、絵が好きだったんですね」

「子どものころ、オレ、イチゴが好きだったんです」

「イチゴ？」

「よく親が買ってきてくれました。オレ、それを食べずに、ずっと勉強机のひきだしにとっておいたんです。食べるよりも、絵に描きたくて。あの赤い色に緑のヘタとか、つぶつぶとか、なんでこんなカタチしてるんだろうって思ったら何時間でも見ていられて、そのうち、白い綿毛みたいなカビが生えてくるんですけど、それもまたきれいで」

タマちゃんが珍しくたくさん話してくれるので、芽衣は聞き役に回った。

「今思うと、オレ、イチゴが好きだったんじゃなくて、イチゴの造形が好きだったんだと思います」

「いいな、そういうの」

聞き役なのに、心の声が漏れ出てしまった。

「え？」

「あっ、なんか、うらやましいです。子どものころから、そういう目を持っていたなんて。それは、タマちゃんの目だからこそ見える世界ですものね」

「オレの目だからこそ……」

「そういう目を持ったタマちゃんの描いた絵、見てみたいです。きっと、わたしには気づかない何かを感じ取って描いてるんでしょうね」

「……そんな風に言われたの、初めて」

タマちゃんが気恥ずかしそうに、黒いカーディガンの袖を口もとに運んだ。すだれのような前髪で表情は隠れているけれど、きっと照れている。

「タマちゃん、今朝、親の敷いたレールの上を走らなくちゃいけないのはおかしいって、言ってましたよね。わたしもそう思います、そんな法律ないですよね」

タマちゃんがわずかにうなずいたように見えたので、今度は芽衣が話し続けた。

「わたしは、親の言うとおりの大学へ行ってしまいました。自分で何がしたいのかがわからなくて、言われたとおりにしているのが楽だったということもあって……、流されてしまいました。だから、タマちゃんが自分の勉強したいことを学ぶために志望校を選んだって聞いて、なんだか自分のことのように胸がスッとしました」

「後悔……したくなくて」

「その気持ち、すごく大事です」

「管理人さんも、後悔したくないから、東京に出て来たんですか？」

「え……」

「オレの目には、管理人さんの手足には手枷足枷が見えます。オレと同じなんじゃないですか？」

「えっと……」

　環の目は、芽衣の心の闇まで見えているようだった。

　えのき荘の管理人は、悪縁に苦しむ下宿人の縁切りを応援するのが仕事。その管理人が、しがらみにがんじがらめになっている姿を見せてもいいのかな……。

「あ、なんか、ナマイキ言ってすみません」

「あっ、いえ、やっぱりすごいですね。タマちゃんの目」

「オレなんかゼンゼン。奏さんの目の方が、すごいですよ」

「大家さん？」

「大家の仕事、尊敬します。おばあちゃん大家さんの目は、本当にすごかったです」

「タマちゃんを面談してくれたんですものね」

「その血を引いてる奏さんも、すごい。ヘアメイクアーティストの仕事だけでも手いっぱいのはずなのに、オレたちのことちゃんとわかってくれてますから」

目つきと愛想と性格が悪い第六天魔王。

ついでに、口も悪いけれども。

「そうですね。大家さんは、えのき荘になくてはならない人ですね」

「管理人さんもですよ」

「わたしも？」

「奏さんと管理人さんがいるから、今のえのき荘があるんです。オレや涼太さんは下宿人なんで、いずれ出て行きます。だけど、だからこそ、管理人さんには、ずっと奏さんのそばにいてほしいって思ってます」

「大家さんの……」

そばに？

環の言葉に、別段深い意味はないのだろう。一瞬ドキリとしたけれど、ずっとえのき荘にいてほしい、という意味だと芽衣は解釈した。

「なんか、ほんとにナマイキ言ってすみません」

「いいえ、タマちゃんと話せてうれしいです。春には、タマちゃん、えのき荘を出て行っちゃいますからね？」

必ず受かると信じて、芽衣は笑いかけた。

「はい、オレがここにいられるのも、あと少しです」

お互いに、しがらみから抜け出せますように。

目と目でうなずき合っていると、玄関口からまた鍵の開く音がした。

「あ、大家さんですね」

芽衣がスリッパをパタパタさせて台所から廊下に顔を出すと、すでにノブナガとヒデヨシが玄関に集まっていた。

「ニャア」

「ただいま、ノブナガ」

「ワン」

「ただいま、ヒデヨシ」

一匹と一頭は奏のことが大好きだ。

「おかえりなさい、大家さん」

「おかえりなさい、奏さん」

「おう、ただいま。なんだ、環が下にいるなんて珍しいな。せっかくだ、三人でココアでも飲むか？」

　奏が機嫌よく声をかけるも、

「いえ、もういただいたんで。風呂入って寝ます」

　環はそっけなく言って、二階に上がって行ってしまった。

「ふられた」

「ふふ」

「ああ？」

「すみません。ちょっと、笑いのツボに入っちゃって」

『ふられた』と言ったときの奏は、子どもみたいに下くちびるを突き出した顔だった。

　日ごろの顔とのギャップというかなんというか、第六天魔王なら『飲まぬなら殺してしまえ』ぐらいのことを言いそうなのに。

「ふふ」

「感じわりぃ」

それ、大家さんにだけは言われたくありませんけれども。

「まぁ、でも、お嬢と環が話できたみたいなんで何よりだな」

芽衣の笑いが引っ込んだ。

こういうところが、やっぱり大家さんだなって思う。環も言っていたように、ちゃんとみんなのことをわかっている。

「はい……、よかったです」

「で、環は美術学部を受けるって？」

「えっ！　大家さん、知ってたんですか!?」

「本人から聞いたわけじゃねーけど、読んでる雑誌とか、観てるテレビとか、そういうのからなんとなくわかんだろ。あいつ、絵をやりたいんじゃねーの？」

「まさに、そのとおりで」

大家の目は、なんでもお見通しだ。

えのき荘の大家は、そうでないとやっていけないのかもしれない。おばあちゃん大家さんも、ちゃんと下宿人のことをわかっている人だった。

「あの、大家さんは、タマちゃんの絵を見たことありますか？」

「それがねーんだよな」

「見てみたいですよね」

「今のうちに何枚か描いてもらっておけば、のちのち、高く売れるかもしれねーしな」

「ブレないですね、守銭奴なところ」

「ああ？」

「地獄耳なところも」

「ああ？」

「聞こえてるくせに」

また笑いのツボに入りそうになるのを、芽衣は必死にこらえた。

「で、お嬢は風呂入ったのかよ？」

「あ、はい、先にいただきました」

「んじゃ、オレももう風呂入って寝るわ。戸締まりはオレがやっとくから、早く寝ろ」

「それじゃ、お願いします。明日の朝も冷え込むみたいなんで、最後にお風呂場の水道の蛇口をひねっておいてくださいね。庭は、わたしが開けておくので」

「いいよ、庭もオレがやっとく。外、マジさみーから」

「ありがとうございます」

「あったかくして寝ろよ、おやすみ」

「はい、大家さんも。おやすみなさい」

芽衣は素直に礼を述べて、最近はこたつで寝ることがブームになっているノブナガと一緒に自分の部屋へ向かった。

朝起きてから寝る直前まで誰かと話していられること、それって地味だけれども、とても幸せなことで。

えのき荘にはそういう幸せがさりげなくあふれていて、

「ずっと、ここにいられたらいいな」

芽衣は縁切り榎の方角に向かってつぶやいた。

◇

一月中旬、大学入試センター試験。

朝ごはんは、なめこのお味噌汁、かに玉、レンコンのきんぴら、ちくわとこんにゃくの煮物、豆苗としらすのサラダ、おはぎ。カツ丼や豚カツのような験を担いだ献立ではないのが、いかにも奏らしい気遣いだった。

ひとつだけ、朝からおはぎという謎の品ぞろえは、もち米は腹持ちがいいことと、環が甘い物を好きなことから考え出された裏メニューだと思われる。

環がえのき荘を出るとき、芽衣から『ファイト』という言葉をもらったほかには、特別なことは何もなかった。

ただ、この日は奏がお昼のお弁当を持たせてくれた。炒りたまごと鶏そぼろとインゲンの三食弁当に、朝と同じレンコンのきんぴらのほか、ミートボール、ウィンナー、ちくわチーズ、プチトマトなどの定番のおかずがぎっしり詰まった大家弁当だった。


二月下旬、個別学力検査。一次実技試験、素描。

朝ごはんは、豚汁、サワラの粕漬け、切り干しダイコンの煮物、山芋の明太子和え、セロリの浅漬け、おはぎ。また、おはぎが出た。

朝帰りをした涼太と顔を合わせたとき、貼るカイロをひと箱プレゼントされた。

『試験会場が寒いといけないからさ、ハラでも腰でも好きなとこに貼ってってよ』

これはありがたかった。試験会場にエアコンが入っていても、座りっぱなしでいるとしんしんと冷えることがあった。

『足が冷えるようだったら、足首の後ろに貼るといいよ。アキレス腱のとこね。マジで足先まであったまるから』

ひょっとしたら、今日の涼太の朝帰りは偶然ではなく、試験日だとわかっていて狙ったのかもしれない。姫の誕生日や記念日などにも、こうやってさらっとサプライズしてあげているのだとしたら、心憎い。さすがは人気ホストだ。

環にとって、今日の実技試験こそが本番だった。この一次の素描を突破しないことには、二次に進めない。

素描とは、鉛筆や木炭によるデッサンのことだ。

奏の持たせてくれたお弁当も、きちんと今日の実技試験を理解したものだった。おにぎりに、卵焼きや唐揚げなどの楊枝で簡単に食べられるおかずの品々。

それというのも、素描の試験時間は五時間あるのだが、昼休みを含む五時間なので、課題に注力するためには、お昼を手短に済ませることが攻略のひとつになっていた。

三月上旬、個別学力検査。二次実技試験、絵画。

やっとここまで来た。

Ｆ三十号キャンバスに、十八時間かけて油彩を描く。もちろん、不眠不休で描くわけじゃない。一日六時間ずつ、三日間の戦いだ。

Ｆ三十号は九百十×七百二十七というサイズなので、かなり大きいキャンバスだ。

正直、このサイズを十八時間で仕上げるのはかなり厳しい。体力も消耗する。

それでも、やるしかない。

春から、オレは美術学部絵画科油画専攻の学生になるんだ。

四月上旬、午前八時五分。

今年は桜の開花が遅かったので、都内の桜がまだだいぶ残っていた。

窓から見える縁切り榎も、晩秋から初冬にかけては雨のように葉を散らし、冬の間は裸木となっていたが、今はまたすっかり若葉が目にまぶしかった。

春である。

環は住み慣れた二〇三号室の部屋に、大の字になって寝ころんでいた。

「あー……、オレの部屋のにおい……」

えのき荘にはたくさんの部屋があるが、どの部屋もみんな違うにおいがする。生活臭というやつで、そこに暮らしている人のライフスタイルによって、漂うにおいも違ってくるのだ。

「オレの部屋のにおいは、なんだろ、油絵具のにおいかな……」

予備校で描いたたくさんの油彩を、キャンバスの木枠から外して保管してあった。

誰に見せるでもなく、あげるでもない習作の数々。全部取っておきたい気もするし、もっとうまく描ける日が来たら捨ててもいいような気もする。

「まずは、もっとうまく描ける日が来ますように……と」

環はいつものように縁切り榎に願掛けをしようとして、そういえば、四月の家賃の支払い日が過ぎていることを思い出した。

今月の絵馬を、まだ奉納（ほうのう）していなかった。

家賃の支払い日に絵馬を新しくするのが、この四年間の毎月の決まりごとだった。環がえのき荘に入ったときには、そういうルールがなんとなくできあがっていた。

「縁切り榎も大変ですよね」

みんな好き勝手頼み放題だから、縁を切ったり、良縁を結んだり。

なんてことをとりとめなく考えていると、トントントン、と階段を軽快にのぼってくる足音がした。

長く住んでいると、足音だけで誰がやって来たかがわかるようになるものだ。

「奏さん？」

ほどなくして、

「環、いるのか？」

薄く開いてあった扉の隙間から、案の定、左右対称の顔がのぞいた。

今日の奏は紺のバスクシャツにダメージジーンズ姿、いつ見てもセンスがいい。

「なんだ、環、寝てんのか？」

「起きてますよ」

「もう荷造りは終わったのか？」

「はい、ほとんど荷物もないので」

几帳面な性格の環の部屋はふだんから整理整頓がなされていたが、今の二〇三号室は整理も整頓もしようがないほどにガランとしていて、壁際にダンボール箱がいくつか積み上げられている状態だった。

窓やバス・トイレなどは、入念に掃除をしてある。経年劣化している壁紙は、後日、リフォーム工事を入れることになるはずだ。

「ったく、お前んとこの大学は入試も遅けりゃ、合格発表も遅すぎんだよな。三月半ばに合格がわかって、そっから四月までの半月で家探そうなんて、ふつうはムリだろ」

「そうなんですよね。地方から東京に出てくる人たちは、下見している時間もなくて、もっと大変だと思います」

「入学式が終わっても、環がここにいるとは思わなかった」

「今日、出て行きますよ」

そう。今日、とうとう、オレはえのき荘にさよならするのだ。

環は晴れて美術学部に合格し、絵画科油画専攻の学生になった。

「そろそろ引っ越し屋が来るころだろ。八時二十分になる」

「もうそんな時間ですか」

「環、これ。忘れないうちに渡しとく」

奏が扉の桟(さん)に寄りかかった格好で、寝転がっている環に白い封筒を差し出した。

「デポジットの百万だ。よく頑張ったな」

シェアハウスのデポジットは、退去時に返金されるのが一般的だ。

都区内の相場が三万円程度なところ、ワケあり物件のえのき荘では三十三倍オーバーの百万円を預けることになっていた。

百万は大金だ。それでも悪縁を切りたいと切実に願う人たちだけが、えのき荘に入居できるのだ。いわば、覚悟の値段だった。

環は起き上がってあぐらをかいた。

「満額ですか？」

「もちろん」

「おかしくないですか？　オレ、ここに四年もいたんですよ？」

「オレの記憶じゃ、最長八年って猛者(もさ)がいたな」

「だったら、わかるでしょう？　この壁見てくださいよ、日焼けしてます。部屋のリフォーム代、どこから出すんですか？」

「誰にも言うなよ。うち、実は駐車場経営もしてるんだよ」

そんなの、みんなうすうす気づいてますよ。伊勢谷（いせや）家は、このあたりの大地主なんだろうってね。

「そういうことじゃなくて、原状回復して引き渡ししたいんで、ちゃんと経費を相殺してください」

「細かいな、相殺してるし」

「ウソばっかり。なのに、なんで満額なんですか？」

「悪縁を見事断ち切ったご祝儀だ。それプラス、入学祝いってことでいいだろ」

奏は悪びれるどころか、すごんで見せていた。こうした姿を、芽衣は第六天魔王と呼ぶのだろう。

環は立ち上がって、第六天魔王の手から白い封筒をひったくった。

中身を確認して、半分の五十万だけ引き抜いて、残りを突き返した。

「寄付します」

「いらねーよ」

「えのき荘に寄付するんじゃありません。これからえのき荘にやって来る下宿人たちに寄付するんです」

「うち、シェアハウスだし」

「細かいですね」

　おんなじ言葉を言い返してやった。

　奏さんって大雑把な性格に見えて、意外と面倒臭いところがあるんですよね。

「えのき荘には、この先も下宿屋として、じゃなくて、シェアハウスとして、誰かの心の拠り（よ）どころになっていてもらいたいんです。みんなそう思ってるから、こうやって置いて出て行ってるんでしょう？」

　るりっちも、保奈美も、その前のシェアメイトたちも、みんなデポジットからいくらか寄付して出て行っていることを、環は知っていた。

「みんなは社会人だ。お前は、これから学生になるんだろ。親に進学先のこと打ち明けちまって仕送りもアテになんねーんだから、ここは強がってねーで甘えときゃいいんだよ」

　奏が強引に、環の黒いジャケットの胸ポケットに白い封筒を押し込んだ。

悔しいが、奏の言い分はもっともでもあった。

環は両親に、医者にはならないと宣言した。これまでの予備校の学費も返した。両親も祖父も兄も烈火のごとく怒りだしたが、曾祖父からは思いがけない言葉をもらった。

『わたしはね、安堂家の者がみな医者にならなくてはいけないとは思っていないよ。美術学部？　絵画科？　結構じゃないか』

医者一族を作り上げた張本人の言葉に、みな黙らざるを得なかった。

『ただし、環、一流になりなさい。安堂家に二流はいらないよ』

それは一流になるまでは帰って来るなという意味だと、環は受け取った。

それでいい、そのつもりで親を裏切ったのだから。

「環が絵で稼げるようになったら、そんときは寄付を受け付ける。いくらでもな」

「いくらでもって」

「今寄越そうとした額に、ゼロふたつは足してもらわねーとな」

この人は、と根負けして環は苦笑した。

「わかりました。それじゃ、ありがたく〝預かって〟おきます」

いつか、この恩は返すようにしよう。

ひとりでも多くの人が、ここ、えのき荘で悪縁を断ち切れるように。

「それじゃ、奏さん、代わりに受け取ってほしいものがあります」

「桐箱入りの引っ越しそばか？」

「カタチは似てますけど、違います。オレの描いた絵です」

「おー、初めて見るし。環の絵」

ダンボールの陰に隠しておいたF八号のキャンバスを見せると、整った奏の顔が見る間に引きつった表情になった。

「これ……」

「奏さんにも、悪縁を切って、良縁を結んでほしくて」

口下手な環なりに、言葉を選んだ。

「そろそろ、忘れてもいいんじゃないですか？」

「……ばーちゃんから聞いたのか？」

「少しだけ。おばあちゃん大家さんは最期(さいご)まで、奏さんのこと、とても心配してました。えのき荘を継がせてもいいんだろうかって」

奏がキャンバスを両手で持ったまま、黙り込んでしまった。

大家と下宿人の関係のままだったら、ここまで踏み込んだことは言えなかった。お互い、余計なお節介は焼かないことが不文律になっているからだ。

これは、えのき荘を出て行く者にしか言えないことだ。

そして、自分の絵にしかできないことだ。

「むかし、えのき荘には夏になるとヒマワリが植わっていたそうですね。そのヒマワリを育てるのは、子どものころから奏さんの役割だったんですよね？」

「夏休みなんて……、それぐらいしかやることねーし」

「高二の夏休みに、どうして、全部切っちゃったんですか？」

奏がキャンバスから顔を背けて、ぐっと目を閉じた。

「すみません、ナマイキ言います。でも、オレは大家がシェアメイトの心の闇を全部呑み込む必要はないと思ってます。ここから逃げ出した女性は、自分で自分の人生から逃げたんです。いくら待っても、戻っては来ませんよ」

「わかってんだよ、んなことは！」

奏が手のひらで壁を叩いたので、環は猫背を震わせた。

でも、ここで退いちゃダメだ。言わずに後悔するより、言って後悔した方がいいに決まっている。

おばあちゃん大家さんからこの話を聞いているのは、たぶん、オレだけだから。

えのき荘に来たばかりのころ、やる気を出せずに予備校を休みがちだった環は、日中のほとんどを先代大家とふたりで過ごしていた。

そのときに、おばあちゃん大家さんは、いろんな話をしてくれた。自慢の孫がかわいくてしょうがないこと、だけど、孫には苦労をかけっぱなしでいること。

えのき荘の、行く末のこと。

「ドメスティックバイオレンスから逃げてえのき荘に来たはずなのに、その女性、彼氏さんのところに戻ってしまったんでしょう？　逃げるべきところと、戻るべきところが、あべこべです」

「オレが……、もう少し大人だったら……」

「奏さんが大人になったら、えのき荘にまた戻って来てくれると思ってるんですか？　だから、今でも、その女性に長文メッセージ打ってるんですか？」

メッセージは、毎回送信エラーで戻ってきているのに。

戻ってくるということは、メアドを変えているということ。

メアドを変えているということは、向こうはこちらを拒絶しているということ。

「その女性が顔に殴られた痣を作っているのを見て、化粧できれいに隠してあげたくて、奏さんはヘアメイクアーティストになろうって思ったんですよね？」

「忘れた……」

「いない人のことは、きれいにはできないですよ」

「このオレに、きれいにできねー女はいねーよ」

「そうですね、奏さんはそうでなくちゃ」

下宿人たちを引っ張っていく、強い大家でなくちゃ。

「えのき荘は足踏みをするための場所じゃない、前に向かって歩き出すための場所です」

「ばーちゃんの受け売りかよ」

「奏さんだって、るりっちや保奈美さんが出て行くとき、そう言ってたじゃないですか。なのに、自分が足踏みしてるじゃないですか。何やってるんですか」

もう少しうまいこと言えればいいのだが、環はオブラートに包んだ会話はできない。

「えのき荘には、今は管理人さんがいるでしょう」

「お嬢……？」

「これからは、ひとりでみんなの心の闇を呑み込むんじゃなくて、管理人さんと二人三脚で、えのき荘のことよろしくお願いします」

環はペコッと顎を突き出すように小さく頭を下げるのではなく、奏に向かって深々と頭を下げた。

「もしも、夏までまだ涼太さんがえのき荘にいて、また庭でバーベキューやることになったら、顔出します。そのときは、その絵みたいなヒマワリが見たいです」

環は奏に歩き出してほしくて、おばあちゃん大家さんから聞いた庭のヒマワリの絵を描いていた。

ようやく美術学部のスタートラインに立った学生の分際で、おこがましいのは重々承知の上で、

「オレの絵で、奏さんの心を癒すことができればうれしいです」

魂を揺さぶる絵を描けるように、これからもっと勉強がしたい。

環が後悔しないようにすべてを言い切ると、ややあってから、奏が先ほど壁を叩いた手で左右対称の顔を覆ってしまった。

指の間から見える泣きぼくろが揺れていて、泣いているのかと思った。

その反対の手では、キャンバスをしっかりとつかんでくれていた。

奏の部屋か、居間に飾ってもらえるだろうかと、えのき荘の間取りを薄ぼんやりと思い描いて、環はふと気づいた。

「あの、ところで、奏さん。管理人さんは？」

これだけ声を荒らげれば、階下にも声は聞こえているはずだ。心配性の管理人さんが顔を見せないなんて、おかしくないだろうか。

「お前の引っ越しがさびしいってメソメソうるせーんで、駅前の和菓子屋まで桜餅（さくらもち）買わせに行かせた」

「鬼ですね」

「うるせー」

「オレ、まだ、管理人さんにあいさつしてないんですけど」

「引っ越しするだけだろ、いつだってまた会えんだろ」

「ま、そうですね」

「バーベキュー、お前、今年も火熾（ひおこ）し担当だからな」

「了解です」

奏はまだ顔を覆ったままだった。

そのとき、階下から威勢のいい声が聞こえた。

「おはようございます！　〝引越庵(あん)〟でーす！」

「はぁ、はぁ」

えのき荘から最寄り駅までは、徒歩でおよそ二十分。

それも、行きはだらだらと続く上り坂だ。

さらに、奏が芽衣に買って来いと注文した桜餅は、行列のできる人気和菓子屋のものだった。場合によっては三十分待ち、一時間待ちのときもあったが、この日は朝が早かったので幸いすぐに買うことができた。

が、これからまた二十分かけて戻らないといけない。

「早く帰らないと、タマちゃん引っ越しちゃう！」

八時半には、引っ越し屋が来ることになっていた。

途中の公園にあった時計を見ると、もう四十五分だった。

「あいさつしたいし、お見送りしたいし」

桜餅を、タマちゃんの分も買ってあった。

「お餞別に渡したいし」

帰りは下り坂なので楽かと思ったら、これはこれで膝に来るものだと知った。

「あぁ、もう。会津にいたころは、これぐらいなんてことなく走れたのに」

会津は盆地なので、市街地周辺に坂道が多かった。

「東京は道がいけない。人が多いわ、狭いわ、走りにくいんだよね」

芽衣は歴史ある旧街道に八つ当たりをしながら走った。

やがて、縁切り榎の若葉が見えたとき、

「あああ！」

〝引越庵〟と描かれた軽トラックが遠ざかって行くのも見えた。

「ま……、待ってぇ！」

叫んだつもりが、息が上がって喉がヒューヒューとしか鳴らなかった。

「はぁ、はぁ」

「ああ？　お嬢、おせーよ」

「だ……、誰の……せいだ……と……」

「運動不足のせいだろ」

奏はノブナガを肩にひょいと抱き、ヒデヨシを足もとに従えて、余裕しゃくしゃくの顔で軽トラックに手を振っていた。

恐るべし、第六天魔王……！

「タマちゃん……、行っちゃった……。お別れ……言えなか……うっ」

「そうやってメソメソしてっから、オレに厄介払いされんだよ」

「厄介払い⁉」

「だいたい、たかが引っ越しで大げさなんだよ。遠くへ行くわけじゃねーだろ、都内に住んでんだし」

「そうですけど……、でも、いなくなるのはさびしくて……」

「えのき荘にさよならできたんだ、笑って送り出してやれ」

タマちゃんが、タマちゃんらしくいられる場所へ。

誰に遠慮することなく、これからは絵の勉強ができるのだろう。

タマちゃんが自ら敷いた人生のレールは、ここから始まることになる。

「……そうですね、笑って送り出してあげないと……って、もういないんですけれども。泣くとか笑うとかの話の前に、あいさつもできなかったんですけれども」

「オレがいるだろ」

「はい？」

「えのき荘には、オレがいる。ノブナガも」

「ニャア」

「ヒデヨシも」

「ワン」

「涼太さんを忘れてます」

「涼太がいなくなっても、オレはいる。ここに、ずっといる」

奏が、縁切り榎を見上げた。

背筋を伸ばして、顔を上げて、すっと片手を幹へ伸ばして。

その姿は、まるで奏自身が、天に向かって力強く枝葉を伸ばす縁切り榎のようだった。

「……わたしも、ここにいたいです」

「ああ？」

「ずっと、えのき荘にいたいです。ここで、みなさんの縁切りを応援したいです」

「あっそ。せいぜい、減給やクビにならねーように頑張んな」

「はい、頑張ります！」

減給やクビが怖くて第六天魔王のそばにいられますか！

わたしは、わたし。

十人十色、ここには、お手本になるべき人たちがいっぱいいる。

「あ、そうだ。環、前髪切ったぞ」

「ええっ!?」

「ここを出るときにはバッサリ切りたいって前から言ってたから、オレが切ってやった。長い前髪で表情を隠してたのは、自分への自信のなさの表れだったんだろうな」

「バッサリ切ったってことは、自分に自信が持てるようになったってことですよね？」

「だな。胸張って、前に向かって歩き出してったよ」

「よかった……。タマちゃん、浪人生活とだけじゃなく、すだれのような前髪とも縁が切れたなんて、ダブルでおめでたいですね」

タマちゃんの目だからこそ見える世界を、これからもたくさんの絵にしてほしい。

「オンザ眉毛に」

「したんですか⁉」

「春だし」

「したんですね⁉」

「しようとしたら、そこは抵抗された」

「あぁ、びっくり」

いきなりのオンザ眉毛は、ハードルが高過ぎる。

春だからって、新生活だからって、何もかもを大きく変える必要はないわけで。

タマちゃんのペースで、一歩一歩、前に向かって進んでくれればいい。

「どんな髪型になったか、見たいか？」

奏がダメージジーンズのポケットからスマホを取り出して、もったいつけた。

「写真あるんですね！　見たいです！」

「んじゃ、その桜餅二個で手を打ってやる」

「あ、これ、大家さんのお財布で買ったんですけれども」

「ああ!?　ナニ勝手に人の財布持って出てんだよ」

「ノブナガさんがくわえて追いかけてきたので、持って行けってことなのかなって」

「ああ!?」

ノブナガが奏の肩から飛び降りて、縁切り榎の境内に逃げて行った。

「そもそもですね、桜餅買って来いって言ったのは大家さんなんですから、自分のお財布から払うのが当然だと思います」

「何個買ったんだよ?」

「今日は朝早くてたくさんあったので、十二個買いました」

「そんなに食えるか！」

「春ですし」

「意味わかんねーし」

「甘い物は別腹ですし」

「大食い女子」

「聞こえてます」

「聞こえるように言ったんだよ」

何かと、誰かと、自分と。
縁を切りたい人はいませんか?
今なら、えのき荘の二階が空いています。
桜餅も、余っています。

※この作品はフィクションです。実在の人物・団体・事件などにはいっさい関係ありません。

集英社オレンジ文庫をお買い上げいただき、ありがとうございます。
ご意見・ご感想をお待ちしております。

● あて先
〒101-8050　東京都千代田区一ツ橋2-5-10
集英社オレンジ文庫編集部 気付
かたやま和華先生

私、あなたと縁切ります！
～えのき荘にさようなら～

集英社
オレンジ文庫

2018年3月25日　第1刷発行

著　者　かたやま和華
発行者　北畠輝幸
発行所　株式会社集英社
〒101-8050東京都千代田区一ツ橋2-5-10
電話【編集部】03-3230-6352
【読者係】03-3230-6080
【販売部】03-3230-6393（書店専用）
印刷所　図書印刷株式会社

※定価はカバーに表示してあります

ISBN 978-4-08-680183-6 C0193